備仲臣道

【読む事典】

内田百閒

我樂多箱

皓星社

まえがき

内田百閒は面白い。しかし、どこがどう面白いかということは、当然ながら本人は語らない。現に「シカシ私ハ私ノ目ジルシヲ目アテニ書イタダケダカラ、面白クテモ知リマセント云ヒタイ」(「埋草随筆」ノ序)と書いているのである。

百閒の文を一度ばらばらの言葉にしたうえで、百閒がなにを考え、いかに生きたかを見れば、面白さの根源が判かるだけではなくて、きっと、自分の思うとおり、偏屈を通して狷介に生きることが、この上なく楽しいことだと判るのに違いない。だから、脚か鼻かも知らないままに、勝手になでまわしたものが、これである。面白くても知りません――と私も言いたい。

凡例

一、収録した語は、内田百閒の著作に出てくるものから選んだ。

一、見出しは内田百閒が作品中で表記したとおりを心がけた。

一、語の並べ方は五十音順に従った。

一、説明は百閒の作品に当たって記述した。なお、出典を明らかにするために、末尾の括弧の中に作品名などを記しておいた。

一、百閒の著書そのほかについては、『新輯内田百閒全集』（福武書店）および旺文社文庫版における、平山三郎や中村武志の解題・解説を参考にして記述した。

一、関連事項を見る便宜のためには、↓をつけておいた。

目次

さ

た

会　蕎麦　曽根　**た**　高橋義孝　沢庵　竹　太宰治　多田基　辰野隆　谷中安規　煙草　**ち**　茶室　忠臣蔵　町会　徴兵検査　**つ**　机　津田青楓　『つはぶきの花』　『鶴』　**て**　帝国大学　『凸凹道』　電灯　天然自笑軒　澱粉米　**と**　『東海道刈谷驛』　ドイツ語　動悸　『東京焼盡』　「東京日記」　堂鳩　豆腐　童話　土手

な

鳥飼

な　内国勧業博覧会　中島重　中野勝義　長野初　中村武志　夏の小袖　納豆屋のみっちゃん　夏目漱石全集　ナプキン　『波のうねうね』　『南山寿』　難波久太郎

は

に　日清戦争・日露戦争　『日没閉門』　日本郵船　ニュー　**ぬ**　ヌ公

ね　猫　**の**　野上豊一郎　蚤　ノラ　『ノラや』　則武貞吾

は　『俳諧随筆』　俳句　『俳句全作品季題總覧』　白色レグホン　白玉楼　馬車　八月十五日　花茣蓙　『花柘榴』　馬肉　ハレー彗星　『番町の空』　**ひ**　髭　麦酒　避暑　引っ越し　『百鬼園随筆』　『続百鬼園随筆』　『百鬼園新涼談義』　『百鬼園戰後日記』　『百鬼園日記帖』　『続百鬼園日記帖』　『百鬼園俳句』　『百鬼園俳句帖』　『百鬼園夜話』　百間川　『百間座談』　ひよどり会　平山三郎　**ふ**　風船画伯　深護謨

あ

アイスクリーム

百閒の好物の一つであるらしい。「春光山陽阿房列車」には、「旅行に出れば私はアイスクリームばかり食べてゐる。好きなのだらうと思ふけれど、どこがどういいのか、考へて見た事もない。味もよくわからない」と書いている。このときは、食堂車へ出かけるのが面倒くさいから、ボーイを呼んで三つ持ってこさせた。同行の平山三郎と自分の分が二つであったが、平山がいらないと言ったので、三つ食うはめになる。「雷九州阿房列車」でも、急行「きりしま」を待つ間、やはりアイスクリームを食っている。

「高知鳴門旅日記」のときは、百閒は体調が悪く、大阪へ帰る船の中で平山に氷で冷やしてもらったりした。大阪湾天保山桟橋に着いたのは朝六時で、病院はまだやっていなかったが、時間が経つうちに熱が下がって、大阪駅の喫茶室で「アイスクリームヲ飲ンデ驛長室ニテ休ム」とある。百閒はアイスクリームについて「飲む」と表現することにこだわりを持っていたのである。もっとも、「めそ」の文中では、「どつちの言ひ方が普通なのか、いまだによく解らない。口に入れる迄は液体でないから、飲んだと云ふのは可笑しいと云ふ理屈は立たない様である。独逸語ではソツプは食うと云ふ。差し当たり飲んだ事にしておく」と書いている。(「めそ」「春光山陽阿房列車」「雷九州阿房列車」「高知鳴門旅日記」)

青木禎太郎

日本郵船の内田嘱託室係の給仕であったが、郵船では店童と呼んでいたようである。太平洋戦争末期に応召して、一時は戦死の報も入ったらしかったが、桐生市の親元へ手紙があり、ウラジヴォストークから無事の知らせがあったことが、昭和二十二(一九四七)年一月二十六日の日記に見える。新築の家に青木の部屋を作って、面倒を見るつもりであったらしいが、予算の都合でそれも叶わず、つてを頼って法政大学に寝る場所を見つけ、書生のように扱っていた。二十四年の秋、青木をつれて四谷見附の先に将棋盤を買いにいったり、夕方一献のあと青木を相手に将棋を指したことなど、やはり日記に記されている。(『東京焼盡』『百鬼園戰後日記』)

芥川龍之介

芥川とは東京帝大の講義で出会った。フランス人のコット先生が、英語と片言の日本語で教えるギリシア・ローマ文学史の時間に、「アキュタガアワ」と指名して当てた、よくできる学生が芥川龍之介であった。その後、漱石山房で改めて知り合う格好になってから親交がはじまった。陸軍士官学校のドイツ語教官だった百閒に、海軍機関学校の兼務教官を勧めてくれたのも、機関学校の英語教官だった芥川である。

百閒は芥川からもよくお金を借りたようで、芥川のいる田端まで片道の電車賃しかないので歩いていったところが、芥川は不在で金にならず、空腹のあまり途中で十銭のライスカレーを食ったために往復歩いたこともあった。芥川は書斎の鴨居の額の裏に隠していた百円札を取り出して貸してくれたり、出版社に掛け合って仕事の前払いを千円出させてくれたりした。

書斎の床の間の前に据えた籐椅子に身を沈めて、薬で昏々と眠る芥川に会って二、三日あとの昭和二（一九二七）年七月二十四日、千円を調達した出版社の人から電話があって、百閒は芥川の自殺を知らされた。谷中の葬儀場に竹のステッキを忘れてきたのを、芥川さんが突いていかれるでしょう——と家人が言ったので堪えられなかったことが「竹杖記」にある。（「面影橋」「竹杖記」「湖南の扇」「芥川教官の思ひ出」「芥子飯」「六区を散らかす」）

アビシニア國

百閒はこひ夫人のことを、私の家内はアビシニア國女王陛下である——と書いている。そうして、女王の君臨するアビシニア國は、昭和二十三（一九四八）年に三畳ばかりが三つ横に並んだ、いわゆる三畳御殿以来の番町の家である。

こひにアビシニア國女王の尊号を奉ったのは、昔読んだ「新青年」の文中で、アビシニア國が食人国と間違えられた点を重く見てのことであるとして、……爾来數十年、私は未だ喰われてはゐない。尤もそこが甘いところで、鼬や貂が雞の血を吸ふ如く、わからぬ間に生き血を絞られてゐるかどうか、それは私にはわからない。又わかる事ではないし、わかつてはいけない——とも記している。

けれども、どうしてアビシニア國なのかは、はっきりとしない。そもそも、アビシニア國というのはどこにあるかというに、エティオピア王国をアビシニアとも言ったのだということは、むろん百閒の文にもないけれど、百科事典には記されている。古代、エティオピア王国を建て、その支配層となったセム系の民族がアビシニア人と呼ばれた人々で、アビシニアとはアラビア語で混血人の意味であり、エティオピア語は、四十いくつもあるアビシニア語族の一つゲーズ語であるという。こう記したからといって、なぜアビシニアなのかが判らないのはまったく同じである。

百閒が昭和二十四（一九四九）年に「小説新潮」へ連載した『贋作吾輩は猫である』の吾輩、すなわち、百閒と思しき大入道五沙彌の家に入り込んだ猫につけられた名が、アビシニヤ（こちらはアではなくヤ）であるが、これも唐突に出てくるのであって、百閒の心の深部にアビシニアについてのなにがあったのか、その辺のところは判らないとしか言いようがない。いや、そうではなくて、判ってはいけない、と百閒が言っているのか。（「アビシニア國女王」『贋作吾輩は猫である』）

油揚げ

じゅん、じゅんと焼けて、まだ煙の出ている油揚げを皿にのせ、すぐ醤油をかけるとばりばりと跳ねる。これを百閒は「じゅんばり」と称して、酒肴の列に加え、上席のほうに遇していた。もとはと言えば、幼いころに近所の三畳一間きりの貧しい家の子が、晩ご飯のおかずに食っているのを、ひそかにのぞき見て食いたくなり、家に帰って焼いてもらい、そのとき憶えた匂いと味であった。

早稲田の砂利場の安下宿に身を潜めていたころ、友人が訪ねてきても振舞うものがないので、油揚げを焼いて出した。うまい、うまいとほめたものだから、暮らしが良くなってからも、彼がくるたびに焼いて出したところが、友人のほうでは辟易したらしかった。

戦争で食べるものがなくなった昭和十九（一九四四）年六月、うまいもの、食べたいものを思い出して記した「餓鬼道肴蔬目録」にも「油揚げノ焼キタテ」と出ている。のちに、戦中・戦後の小屋暮らしや三畳御殿でも、この料理は酒肴の上位を占めていたようで、平山三郎は「ジンバリ」と『詩琴酒の人』に書いており、「シャアシャア」という鶏肉のバター炒めとともによく食卓に上ったと懐かしんでいる。

（「油揚」「餓鬼道肴蔬目録」、平山三郎『詩琴酒の人』）

安部磯雄

キリスト教社会主義の立場から、幸徳秋水らとともに社会民主党の創立に加わった社会運動家で、日露戦争に際しては非戦論を唱えたが、大逆事件後に実践運動から離れた。のち、大正デモクラシーの興隆とともに復帰して、社会民主主義右派の長老と言われた。

まだ父の久吉が健在で家業も盛んだったころは、久吉のお遊びも巷の話題を賑わしていた。そんな久吉のところへ、週に一回ずつ数回やってきた「耶蘇教」の牧師が、若い日の安部磯雄で、二階の十畳の座敷で「マタイ伝」を読んで説教していたらしい。久吉の親友で紅屋の吉田金太郎という人がキリスト教徒で、遊び友だちではあっても、この人はお酒を一滴も飲まない。ときには久吉の不行跡を責めていたらしい吉田さんが、安部を紹介したということのようであった。

後年、百閒が小石川の高田老松町に住んでいたころ、普通選挙に安部が立候補したことがあり、昔の恩を感じた百閒は一票を投じた。（『たらちをの記』「夜の杉」）

『阿房列車』

昭和二十七（一九五二）年六月、三笠書房から刊行、四六判二百九十五ページ、限定版特製本は四百部発行、夫婦箱入り、四百五十円、上製本が二百八十円、普及版百九十円であった。装釘意匠は藤岡光一。七篇を収録し、末尾に付録として『鐵道唱歌』がついている。

『第二阿房列車』

昭和二十九（一九五四）年一月、三笠書房から刊行、四六判二百三十五ページ、限定版五百部番号入りは夫婦箱入りで四百五十円、普及版二百七十円。五篇収録。

『第三阿房列車』

昭和三十一（一九五六）年三月、講談社から刊行、四六判二百八十一ページ、三百円。装釘意匠は平山三郎。六篇を収録している。

甘木

甘木さん、甘木氏という苗字はそこいらじゅうに出てくるが、某さん、某氏の某を二字に分解したものである。しかも、甘木と書かれた人も一人や二人ではないので、誰なのかを推理しようとしても、いたずらに混乱するばかりである。ほかには何樫さん、垂逸さんというのもあって、なにがし、たれそれ、と読む。

アメリカ

百閒はアメリカが嫌いである。太平洋戦争でアメリカと戦って敗れたからであるが、勝敗は時の運などと言いながらも、どこかしら負けたことを根に持っているらしい様子を、文章のあちこちに窺うことができる。原子爆弾を落としたり、東京もろとも、大事なものと一緒に家を焼き払ってしまったB29への恨みは、至るところに顔を出している。

佐世保に不気味なアメリカの軍艦が入ってきたというから、きっと、空母エンタープライズのことであろうが、これに闘いを挑む全学連のことを書いた「日本男児全學連」は、支離滅裂な文章であって、全学連は尽忠報国の気魄の一端を晴らそうと奮起したことになっていたり、上野の山の彰義隊も会津若松の白虎隊も、ここでは区別なく一緒くたに勇ましさを讃えている。

しかし、アメリカは嫌いであっても、戦争は好きではないし、日本の軍人も嫌いであった。戦時中も文学報国会には入らず、大政翼賛会の解散を小気味の良いものとして書いたりしている。もっとも、百閒は政治音痴と言っていいほどに、変転する社会情勢に無頓着な人生を送っていた人なのである。（『東京焼盡』「日本男児全學連」「山寺の和尚さん」)

荒手の藪

百閒の生家のある古京町から、岡山の市中へいくには、旭川にかかる相生橋を渡るのだが、百閒の子ども時分には、この橋はまだなかった。古京の町筋の西裏を包むように土手と水のない川があって、その向こうが荒手の藪で、藪の真ん中から市中へ向けて相生橋がかけられたのである。

荒手の藪は、百間川と対を成す江戸期の洪水除けの突堤だったが、大きな銀杏の木があって、明治四十三(一九一〇)年にハレー彗星が出現したときには、その天辺めがけて飛んでくるように見えたという。荒手の下流にも洪水の水勢を削ぐための蒲鉾型の波止があったが、水車小屋や洪水の忘れ形見の池もあり、南端は麻畑で、藪の切れ目に伊木ノ渡しがあった。お城下の内山下の蓮池がある向こう岸へ、百閒が中学生のころまでは、船頭さんが櫓を操る小船で人を運んでいた。そのころ、渡し舟に乗らずに市中へいくには、土橋を渡って南へ下り、やがて小橋を渡って中洲に広がる紅灯の巷を左に見て、中橋と京橋で旭川を越えたのである。京橋は反り橋で、一番高い所からは繁華な市中の灯火が一目で見渡せた。

こうした百閒をとりまく自然は、やがて『冥途』や『東京日記』のための揺籃となるものだったのであるが、川の流路改修のために姿を消してしまって、今日はない。(「古里を思ふ」「山屋敷の消滅」「白映えの烏城」)

い

池

麹町六番町に三畳御殿を建てたときは、敷地いっぱいの建物だったが、昭和二十八（一九五三）年、隣地にあった焼けトタンのバラックが引っ越すことになり、その跡地を買った。金はなかったけれど、印税が入るたびに返す約束で、三越家具部の重役井上慶吉（↓）が買っておいてくれたのである。百閒はこれで麹町屈指の地主になった――と胸を張った。

その土地へ池を掘って、ボートほどもある鯉を飼いたいと思ったけれど、そんなには広くない。そこで妙案を思いつき、真ん中に島を残して、周りにぐるりと池を掘った。鯉が泳いでいっても、向こう岸がない、水面は二十坪ばかりで広くはないけれど、長い湖になった。この池に亀十匹と緋鯉六十九尾を放った。そのうち二匹の亀は甲羅干しをしていると見る間に死んだので、生まれてからちょうど一万年目だったのだと思った。（「禁客寺」「お池の龜と緋鯉」「赤曼陀羅」）

石崎英男

東京ステーションホテルのボーイ長（百閒流にはボイ長）、宴会係の主任であった。このホテルは、百閒が昔の学生などを呼んでご馳走する、新春御慶の会の会場であったし、汽車が無類に好きな百閒は、ここを定宿として『東京日記』などの名作を生み出している。従って、ボーイ長だった石崎に、百閒はいろんなわがままを言ったし、面倒もかけたということなのだろう。御慶の会十六年目の宴会では、前年の十一月に三十歳を出たばかりで急逝した石崎の、妻と三人の子どものために、二万七千六百七十円を募金している。昭和四十二（一九六七）年だから、まだラーメン一杯が百円はしなかったころのことである。（「花のない祝宴」「四靈會」）

『いささ村竹』

昭和三十一（一九五六）年二月、筑摩書房から刊行。四六判二百ページ、二百八十円。箱入り、装釘は福田平八郎。二十二篇を収録。

『居候匆匆』

昭和十一（一九三六）年十一月十日から「時事新報」に連載が開始されたが、十二月二十五日までの三十六回で、同紙の解散により前編終わりとして中断され、続編が書かれるということはなかった。単行本の『居候匆匆』は十二（一九三七）年六月に小山書店から刊行されている。装釘挿絵ともに谷中安規（↓）。昭和二十一（一九四六）年十一月、穂高書房から再刷版が計画されたが出ずに終わった。（『百鬼園戰後日記』）

居候

早稲田ホテルに隠れるよりも前の一時期、借金だらけの身から再起を期すつもりで、京都・相国寺近くにいる同級生、中島重（↓）の家へ居候を決め込んだ。学校からは休暇を取り、そのうちに良策を考えるつもりだったが、思うようにいかず、二ヵ月後には東京へ帰った。清教徒で自分たちは酒を飲まない中島夫妻が、毎晩お酒・麦酒を振舞ってくれた。「松笠鳥」の山部は中島である。

出隆

「いでたかし」と読む。百閒が「山また山の山の中」と言った、岡山県苫田郡津山町大字上之町（現・津山市）に生まれ、第六高等学校は百閒の三級後輩であった。東京帝国大学文科大学を出てのち、帝大文学部助教授、教授となり、「ギリシャ人の霊魂観と人間学」という論文で文学博士となった、わが国における本格的ギリシャ研究の先駆者である。

百閒が上京したあとの志保屋の、閉め切った二階に住んでいた時期があり、年寄りの嫌がる縁起の悪いいたずらをしては、百閒の祖母竹からよく叱られた。帝大教授になってからも百閒との間には遠慮のない付き合いが続き、世間や大学では偉い学者かもしれないが、私などから見ると少し足りないのではないかと、百閒は書いたりしている。

百閒の長男久吉が肺炎にかかって重篤な状態のとき、自分の子どもに呼んでいた看護婦を回してくれたり、医者を呼んでくれた筋向いの友人で二山というのが、「蜻蛉眠る」に出てくるが、これは出であったと思われる。山が二つで出。（「苦いか甘いか」「空點房」「支那瓦」「蜻蛉眠る」）

井上慶吉

隣家の土地を併呑したとき、金を立て替えておいてくれたのも、池を掘るについて奉行を務めたのも、この人であった。三越本店家具部長、株式会社三越製作所常務取締役であったが、明治四十二（一九〇九）年ころは「文章世界」の熱心な投書家であった。高知の出身で、土佐の作家の会「南風会」の幹事をしており、自宅が雑誌「南風」の発行所になっていた。「南風」第二巻七号には「四国阿房列車」からの百閒の旅信が載っている。百閒が主筆で赤字続きだった「べんがら」にも援助を惜しまなかったようであるが、昭和二十九（一九五四）年九月に急逝した。

インヴァネス

インヴァネスは、日本では「二重回し」とか「とんび」と呼ばれ、和服に合うように改良されたタイプが、明治の半ばころから紳士に愛用された。もともとはスコットランドの外套であって、名称もインヴァーネス港という地名からきており、ゆったりとした袖なしの外套にケープが着き、襟はステンカラーできっちりと閉じるようになっていた。

昭和ひとけたも終わるころ、外出する百閒はチェコ・スロヴァキア製の黒いビロードの帽子をかぶり、インヴァネスを羽織って、白い軍手をはめた手に籐のステッキを持っていた。インヴァネスは、風の冷たい日に、弟子の多田基法政大学教授に勧められて買った。勧めるについて多田は、二十円以上したら足の出た分を私が持ちましょうと言ったのに、二十二円五十銭だった超過分を払わなかったと、インヴァネスを着るたびに思い出している。

百閒の師である漱石も、両国の国技館へ相撲を見にいくときなど、襟に猟虎の毛皮の着いたインヴァネスを着ていたけれど、百閒はそれが気に入らなかったらしい。（「黄牛」、「猟虎の襟巻」）

う

うぐひす

鶯を飼ったことは二度ばかりあり、最初は昭和十（一九三五）年のことであった。有名な小鳥屋から買った由緒正しいもののはずだったけれど、どういうわけか「ほうほうほけっ」としか鳴かず、終わりまできちっと結ばない。藪鶯を一緒に飼って鳴き声をまねさせようと試みても、いつまでも「ほけっ」のままである。そのうちに表の道を通るご用聞きの少年が、自転車で百閒の家の横を通るたびに「ほけっ」と言って走り去るようになって、腹を立てたけれどどうしようもない。しかたなく、その鶯は人にやって、別なのを買った。二度目に飼ったのは戦後の昭和三十八（一九六三）年である。（「うぐひす」「鶯の夜渡り」）

牛

百閒生家の跡にある古京郵便局前に、肩の丸っこい小さな石碑が立っていて、百閒の俳句を刻んだ上に牛の彫刻がある。なんで牛かと言うに、百閒は幼いころ牛が好きだったからという説明があったけれども、それは誤解というものであった。

百閒自身が、牛のどういうところが好きであったという心当たりはない、丑歳の生れなので、大人のほうからその因縁をつけて、私を牛好きということにしてしまったのであろう――と書いている。京都辺りの産の、入れ子になった土焼きの牛を大小いくつも持っていて、畳の上に一列に並べて遊んでいるうちに飽きがきた。本当の牛を飼ってくれとねだったら、造り酒屋の一人息子の言うことだからすぐに通って、小作地から黒い牝牛を一匹つれてきて、座敷に近い空き地に飼ってくれた。しかし、蠅に閉口した大人たちが、すぐに返してしまったらしい。

長じてからの百閒は、牛は牛でも「ぎゅう」のほうを好んだこと甚だしく、しきりと食膳に上せていたことが、いろんな文章の中に見える。けれども、百閒には発作性心臓収縮異常疾速症という、一分間に二百前後の脈を打つ厄介な病気があって、そのうえに腎臓も悪い。主治医の小林安宅先生（↓）から、いろんな養生を言いつかった中に、牛肉はいけないというのがあって、苦り切った。

そこは一筋縄でいかない百閒のことだから、大人しくしていたのははじめのうちだけで、やがて病勢もあまり進まないのをいいことに、藁鍋（↓）と称してすき焼きを食うようになる。そうして、百閒ともあろう者が、鍋だけを神妙に食っているわけはないのであって、当然のことながらビールだって飲んでいた。そのビールも小林博士から厳重に量を制限されているのであるが、数は家の者にも内緒にして、医者は内輪に言うものだからと、いつも多めに飲んでいたようである。(「牛」「養生訓」)

兎

志保屋には店からそう遠くない所に藪があって、一反歩くらいの広さであった。季節に店の者、蔵の者がつれだって、その藪へいくのは竹に肥料をやるためではあったが、息抜きのレクリエーションもかねていたのである。あるとき、みんなの前に茶色い野兎が一匹飛び出したので、たちまち叩き殺し、竹竿に吊るして持ち帰った。それを蔵の間の空き地で焼いて食ったのだが、百閒は幼かったときのことでもあり、味を憶えてはいないという。

大正になってから、東京の神田須田町に、兎料理を食わせる店があるというのでいってみたが、野兎ではなくて家で飼っているような白兎だったから、「猫を殺して食うような趣き」と書いている。別段、こういう下手物を食う趣味はないようである。

昔ひどい目にあった高利貸がいて、いまはこの世にないのだが、その細君が突然やってきて風呂敷にくるんだ紙包みをくれた。開けてみると中は籠に入った白兎であったという「雲の脚」は、不気味な雰囲気の作品であるが、百閒居を訪ねてきた二人の芸者が、白兎を置いていったという実話に基づいている。(「藪を売る」「雲の脚」)

謡ひ

漱石が謡いをやるというのが気に食わない。面会日の席で、謡いの乙に澄ましたところが嫌いだと言ったところが、ちょうど来合わせていた高浜虚子に「どこが」と詰め寄られて、言い抜けるのに往生した。

三畳御殿のころ、小宮豊隆（↓）が高橋義孝（↓）を伴ってやってきた。百閒が謡いを嫌ってばかりいるのはけしからんというので、二人して「口のへりを曲げたり、咽喉をふくらませたり、をわい屋が桶をかつぎ上げた様な声をして」秘曲を謡ったので閉口した。（「心耳を洗ふ」）

内田曳象・内田雪隠・内田流石・盧橘子

内田曳象は岡山の六高時代、叙事文、写生文を校友会誌に掲載したころのペンネーム。『冥途』に収めた文のうち、「東亜之光」に初出のものも、内田曳象になっている。内田雪隠は、博文館発行の「文章世界」に投稿した「雄神女神」が大町桂月選に入選したときのペンネーム。内田流石は、やはり「文章世界」に投稿したペンネームで、「乞食」が優等入選している。流石は漱石のもじりであろうが、狂歌師や狂句師の号のように思っていやになり、盧橘子に改めたりしている。

内幸町胃腸病院

夏目漱石は明治四十三（一九一〇）年夏、胃カタルのため修善寺温泉に転地療養をしたが、八月末に大吐血して一時危篤に陥った。十月には小康を得てやっと帰京し、麹町区内幸町胃腸病院に再入院して、翌年二月まで加療静養していた。その二月二十二日に百閒がはじめて漱石を訪ねたのである。百閒は緊張のあまりなにを話していいのかも判らず、しびれを切らして話の脈絡もないところでお辞儀をして帰った。(「漱石先生臨終記」「残り鬼」)

『全輯内田百閒随筆』

昭和十一(一九三六)年十一月から翌年四月にかけて、版画荘から刊行された。全六巻。

『内田百閒全集』

昭和四十六(一九七一)年十月から四十八(一九七三)年四月にかけて講談社から刊行された。全十巻。

『新輯内田百閒全集』

昭和六十一(一九八六)年十一月から平成元(一九八八)年十月にかけて福武書店から刊行された。全三十三巻。

内田百閒文学賞

内田百閒生誕百年を記念して、岡山県が平成二(一九九七)年に創設した文学賞。当初は岡山・吉備国文学賞と称していたが、第六回の二〇〇二年から百閒の名が冠せられるようになった。岡山が舞台となるものや、岡山出身の人物・自然・文化・風土・物産などを題材とした、随筆および短編小説を募集している。未発表でオリジナルな作品、四百字詰め二十から五十枚の範囲。最優秀賞は賞金百万円、優秀賞三十万円。審査員は小川洋子、奥泉光、重松清。主催は財団法人岡山郷土文化財団。

内山保

百閒が早稲田ホテルに身を隠すより前から、内田家に書生として寄宿していた。早稲田ホテルと家との連絡を受け持ち、昭和二（一九二七）年に恩給がつくまでに二年余を残して、不行跡のためやむなく陸軍教授を辞めたとき、「依願免本官」の辞令を受け取りにいったのも内山であった。『一分停車』（アサヒ書房）という、昭和三十四（一九五九）年の著書がある。

『有頂天』

昭和十一（一九三六）年七月、中央公論社から刊行された。箱入り、背皮天金。三十五篇と、「雑俎」四篇、付録に近作十九句が付いている。

饂飩

志保屋が立ち行かなくなってからしばらくの間、旭川の西にある内山下に借家住まいをしていたが、埋立地なので井戸水が金気でまずく、毎日売りにくる水屋の水を飲んで暮らした。往来の向こう側に饂飩屋があったけれど、そういう種類の店に入ってなにか食うということは、お行儀の悪いこととされていた。岡山に限らずあちらのほうでは、蕎麦屋という看板はなかった。蕎麦は貧しい人々の一時の腹ふさぎと思われていて、また、もそもそしていて、うまくもなかった。

東京で暮らして久しくなった百閒は、江戸っ子ではないから却って蕎麦の味がわかるのだと、更科よりは藪が好きだと言っている。東京の饂飩かけは溝にみみずがいるような気がして、きたならしい。上方や中国地方の素饂飩は汁も饂飩もきれいで、上にのっている花がつおの一ひら二ひらもいい——という。（「心明堂」『百鬼園夜話』）

鰻

昭和三十五（一九六〇）年五月の三十一日間に、二十二日も鰻重を食ったと「散らかす」の中に書いているが、高橋義孝によれば、麹町の秋本という鰻屋のおかみさんから、先月はぶっ続けに二十九日間蒲焼きをお届けした、と聞いた。こちらは鰻重ではなくて蒲焼であるが、この先月というのがいつなのかははっきりとしない。

鰻が病みつきになったのは、大井征（↓）との因縁である。大井が順天堂病院に入院したとき、こひが見舞いにいって、手術前になにか食べたいものはないかと聞いたら、鰻のお重が食べたいという返事である。持っていってやろうと取り寄せたお重を、こひがしたくしている間に百閒が開けると、うまそうでいい匂いで、たまらず自分にも取り寄せて食った。おいしいものに目がなくて、これはいいとなると毎晩お膳にないと気に入らないのが、百閒の癖であったらしい。それから一ヵ月に二十何日となるまでには、それほどの時間を必要としなかった。

帝大を出てすぐ、東北の官立学校教授に任官していた中砂を訪ねた夏の日、太平洋岸の小さな町の料理屋で出た蒲焼の大串は気味が悪いほど大きくて、生きているのを見たら食べる気がしないだろうと思った、というのは「サラサーテの盤」の中に出てくる話である。

その町というのは石巻であったが、戦後になって「阿房列車」で東北奥羽へいったときも、石巻の料理屋で悪夢のような大鰻を食っている。

『随筆億劫帳』ができた日、版元の河出書房で寄贈本にサインしたあと、平山三郎とともに外へ出て、電車の通っている神田神保町を牛ヶ淵の方へ歩いていったら、鰻屋の店が出ていた。店先で焼いているのがあまりに小さいので、どじょうか知ら、と思わず口に出すと、店の男が怒ったような顔で鰻ですよと言った。昭和二十（一九四五）年五月二十六日の東京空襲で焼かれる前は、近くの帯坂にも鰻屋があって、時々は取っていた。その鰻屋では、ご亭主一人を残して家族全員が空襲のために亡くなった。そのころは葬式も焼き場もあったものではない、生き残ったご亭主が、家族のみんなを、鰻を焼いた覚えの腕前で、道端に火を燃して始末してしまったと言う。

その店から少しいった善国寺谷に、「学生下宿のような野暮な構え」の鰻屋があって、尺八の吉田晴風のお気に入りであった。宮城道雄が呼ばれたのに百閒も一緒にいってご馳走になり、そのあと宮城がお返しで晴風と百閒をその店に呼んだ。今度は内田さんが我々二人を呼ぶ番だよと言われたのに、戦争で世情が険しくなり、戦後のどさくさで果たせないうちに「もうお二人共はやばやとあつちの方の遠くへ行つてしまつて、ここいらにはゐない」ということになった。

戦後、焼け出されたあとの掘立小屋をやっと出て、三畳御殿に入った百閒は、京風の扉で面目を新たにした善国寺谷の鰻屋から、時々は出前を取るようになり、そうして、大井の霊に促されて、月に二十何日も食うはめになった。（「散らかす」「サラサーテの盤」「めそ」「浪」「土手」「その一夜」、

高橋義孝「実説百閒記」＝『言説の指』所収、同信社）

『馬は丸顔』

昭和四十（一九六五）年十月、朝日新聞社から刊行。四六判二百八十ページ、布装箱入り、二百八十円。装釘と扉絵は中川一政。二十二篇を収める。

馬は丸顔

馬が丸顔のわけはないけれど、それは、つぎのような逸話によっている。成島柳北という明治の文人がいて、この人の顔がおそろしく長かったらしい。あるとき、隅田川の堤へ花見にいったのだが、悠然と手綱をさばいて馬に乗ってくるのを見た福地櫻痴が、「さてもさても世は逆さまと成りにけり　乗りたる人より馬は丸顔」と、一首を詠んだというのである。（「馬は丸顔」）

『麗らかや』

昭和四十三（一九六八）一月、三笠書房から刊行。四六判二百八十ページ、箱入り、九百八十円。装釘村岡光一、三笠書房社主竹内道之助の装本。十八篇すべて「小説新潮」掲載のもの。

え

映画

戦前や、戦後も一時期は映画のことを活動写真と言っていた。百閒も活動写真が大好きで、新宿の武蔵野館と溜池の葵館、神田の東洋キネマや目黒キネマへは足繁く通った。「カリガリ博士」や「ジキル博士」に感動したという。それが一転して嫌いになったのは、トーキーになってからのことで、人声がしたり音が聞こえるのが、たまらなく嫌だったようである。

百閒初期の名作「旅順入城式」は、日露戦争に勝った日本軍が旅順に入城したときの無声映画を、二十年もあとに法政大学の講堂で見た際の心象風景である。聞こえるはずのない下士官の号令が耳に届き、そのうち、頬に涙を流しながら、映像の中の兵の列を追って、街の中をどこまでもゆくというのである。無声映画だということを承知して読まなければ、この文の本当の味は判らず、百閒は、そのときには骨を削る思いでやった推敲が、トーキーの発達で水泡に帰した——と嘆いている。(『百鬼園夜話』「狸芝居」「たましひ抜けて」「映畫と想像力」「旅順入城式」)

榮造

内田榮造が百閒の本名であるが、志保屋の二代である祖父の名前を、そのままもらったものであった。祖父の榮造という人は、いくつもの蔵を建てたほどに店を盛んにした人であったが、お遊びの方も負けずと盛んだったらしく、あちこちにいい人をこしらえていた。「ごりょんさま」すなわち妻の竹が、夕方になると毎日がま口に入れてくれる二円五十銭を懐にしてお出かけになる。そうするうち、旭川を渡った向こうの、黒砂糖の匂いのする菓子問屋の町の女性との間に、峰という女の子ができた。その子が、ある日の夕方、近所の小父さんにおんぶされ、京橋、中橋、小橋に土橋を渡って、志保屋の店で、やっと背中から降ろされた。そうして、子宝に恵まれない榮造・竹夫妻の子におさまったのである。納得ずくの捨て子ということであったらしいが、この女の子が近隣に聞こえた花のような乙女に成長して、やがて川西にある網ノ浜花畑から福岡久吉を婿に迎え、めでたく志保屋を継いだ。

初代榮造は百閒の生まれる前の年、明治二十一（一八八八）年十月五日、峰の腹中にいた孫の顔も見ずに亡くなっている。岡山市国富三丁目の禅光寺安住院にある内田家墓所の、奥から二番目「実成院宏岳信士」という墓碑が榮造のものである。

大正の末ころ、長谷川如是閑の雑誌「我等」の依頼で、自分の顔がガラス戸や水溜りに映るのが気になる話を書いた。出来上がってから題名が思い浮かばないので、名前がつかない、と言っていると、縁側を通りかかった次男の唐助が、名前は榮造じゃないか、と言って去った。それで文題を「映像」としたという、とぼけた話が「文藝通信」昭和九年一月号のアンケートに出ている。（「目出度目出度の」『東京焼盡』、「文藝別冊　内田百閒」河出書房新社　二〇〇三年十二月）

駅

百閒が帝大生になって、東海道線で上京したときの着駅は、今日とは違い、鉄道唱歌一番にある「汽笛一声」の新橋であった。着いたのは日暮れどきで、そのまま人力車に揺られて下谷七軒町の下宿へ入った。

昭和二十七（一九五二）年からはじめた新春御慶の会は、会場が東京駅の東京ステーションホテルであった。汽車好きの百閒は終生このホテルを定宿としていたが、昭和十二（一九三七）年暮れには、ここにこもって名作『東京日記』を書き上げている。

昭和三十（一九五五）年と翌年の夏には、暑いのにたまらず家を逃げ出して、このホテルの冷房のある部屋に避暑をしている。

御慶がはじまったのと同じ年十月には、国有鉄道八十周年行事の一環として、東京駅の一日名誉駅長を務めた。着任に当っては用意した訓辞を読み上げたが、末尾の名前の上には「従五位」がついていた。陸軍教官を辞めたときにもらったものである。一番好きだった特急「はと」を発車させる役目があったが、そんなに好きな「はと」を、黙って見送れるものではない。発車と同時に飛び乗って熱海までを往復した。

一番心に残る駅は、やはり東海道線の刈谷駅であろう。昭和三十一（一九五六）年六月二十五日の深夜、大阪へ向かう宮城道雄は、急行「銀河」が豊橋・岡崎を通過して刈谷駅を過ぎたころ、デッキから落下して亡くなったからである。そのことを書いた百閒の文「東海道刈谷驛」は、いつもの百閒の調子とは違って重く沈んでいる。（「上京」「驛の歩廊の見える窓」「時は變改す」「東海道刈谷驛」）

お

『王様の背中』

昭和九（一九三四）年九月、樂浪書院から刊行。A5判七十六ページ、箱入り、一円二十銭。装釘谷中安規ということになってはいるが、全編に谷中の版画を配して、谷中安規画集に百閒の文がはめ込まれたように見える童話集。

大井征

法政大学の学生だったとき、抜群の学業成績だったため特待生の候補に上がったが、禁煙になっている教室内で煙草をすって学生監に見つかったことがあり、それが問題にされて選考からもれた。卒業後はフランス語の教授に採用されて法政に残り、百閒の同僚になった。フランス文学科だったから直接教えたことはなかったけれど、不思議に馬が合って親しくなった。そのうちに法政大学騒動で百閒は学校を辞め、大井も巻き込まれて辞めた。

その後、大井は陸軍教授の試験に合格して任官し、広島の地方幼年学校へ赴任、さらに東京の幼年学校で教えていたが、日本の敗戦で失職した。家族を抱えた大井に百閒は翻訳の仕事を世話し、腎臓が悪くて入院したときも金銭面ばかりでなく、あれこれと面倒を見ていた。手術をして「四臓半」になった大井は、法政大学に復帰して教養学部長になり、元気のようであったが、二、三の病気を繰り返し、昭和三十五（一九六〇）年四月十五日、五十五歳で病没した。

昭和九（一九三四）年二月、岩波文庫のアナトオル・フランス短編集『聖母と軽業師』や昭和二十七（一九五二）年に白水社から出た、ピエール・ロナ『お梅が三度目の春』などの訳業があり、春陽堂版『夏目漱石小説全集』各巻の解題は、百閒の名前で大井が書いたものという。→鰻（「とくさの草むら」「タンタルス」「散らかす」）

教え子

百閒は教え子という言葉が大嫌いで、文章には「昔の学生」という書き方をしている。教え子という言葉を見ただけでむかむかすると言い、昭和三十一（一九五六）年新年号の小説新潮に載った、前総理大臣吉田茂との対談「西小磯雨話」の中でも「教え子、私はあの言葉が大嫌いだ、ケンカ相手である」と語っている。（「東北本線阿房列車」）

お雑煮

内田家のお雑煮の仕来りは、元日が味噌汁、二日は汁粉、三日がすましであった。漱石先生宅へ年始にいって、ご馳走になる夏目家のお雑煮は鴨の入った汁で、こういう味をつけるのは下品な気がすると思いながらも、堪能している。（「漱石山房の元旦」「己卯三ヶ日」）

大手饅頭

岡山の名物大手饅頭は、創業天保八年を誇る古くからの酒饅頭であるが、いまでも売られている。備前米の麹から甘酒を作り、それに小麦粉を混ぜて醗酵させた薄い生地に、白双糖で練った小豆の漉し餡を包んで蒸し上げるのだという。

その昔は、京橋を渡ったすぐ左の橋本町の角に店があって、六高の学生だった百閒は、池上検校の許へ琴を習いにいった帰りには必ず買って食った。一個が三厘か五厘であった。そのころは、友だちと二人してビールの大瓶一本を飲みきれなかったけれど、肴は大手饅頭であった。晩年に近くなってからも、お酒のあとのビールに、ときどきは大手饅頭を食っていた。

それくらい好きだったから、大手饅頭の夢はしょっちゅう見ていたようで、戦前の『鶴』のころの夢では店先に腰かけて食ったが、戦後すぐの昭和二十一（一九四六）年の夢では食ったかどうかはっきりしない。二十六（一九五二）年になると何十回も夢に見たらしい。このころは一個が二十円か二十五円していた。

「春光山陽特別阿房列車」では、岡山駅に着いた処女運行の特急の窓をたたく者があり、箱入りと竹の皮包みの二種類の大手饅頭を、幼なじみの岡崎眞一郎が届けてくれてびっくりする。少し前に東京で会って、この列車に乗ることを話したのに、お酒が入っていたせいで忘れていたのである。そこには「大手饅頭にならつぶされてもいい」と書かれている。（「雲のびんづら」「我が酒歴」「郷夢散録」『百鬼園戰後日記』「古里を思ふ」「春光山陽特別阿房列車」）

大橋古日

岡山出身の「東炎」の俳人で、日本郵船客船課嘱託であった。戦中戦後は千葉県の田舎からたびたびやってきては、百閒居へ食料や炭などをもたらした。(「けらまなこ再考」『東京焼盡』)

大森桐明

岡山出身の俳人。百閒の十年後輩に当たる。岡山中、六高から東京帝大工学部を卒業して、第一高等学校講師となった。志田素琴、内藤吐天とともに俳句雑誌「東炎」を創刊した。

戦時中、炭屋への支払いが滞って玄関に怒鳴り込まれた百閒は、桐明を訪ねて十五円を借りたが、返す機を失したままに病死されてしまった。昭和十六(一九四一)年二月、桐明四十三歳であった。何日かたって百閒居を桐明が訪れ、長い時間にわたって話をしたことが、むろん夢であったが、「故人の来訪」として談話速記の『百鬼園夜話』に入っている。(「三五の桐」『百鬼園夜話』)

『丘の橋』

昭和十三(一九三八)年六月、新潮社から刊行。中川一政装釘、四六版三百七十ページ、箱入り、一円七十銭。中編小説「東京日記」を含めて二十八篇を収録し、巻末に「百鬼園俳句帖拾遺ノ四」として十四句が収められている。

おから

百閒がおからを食うようになったはじめは、持病のせいであった。動悸、結滞、不整脈のほかに、喘息と蕁麻疹が彼の持病のすべてであるが、体重がふえないようにという注意を小林安宅博士から受け、それには減食が第一だと言われた。ちゃんとお膳に向かって食事を取るのは夕方だけだから無理だと言ったところ、それではおからを食え、おからでおなかをいっぱいにして、ほかのものがあまり入らないようにしろと指示された。

百閒はおからが好きだったから、結局は食膳に上るものが一つふえただけということになったけれど、それはお医者には黙っていて、また太ってきたら、そのときはおからをやめれば効果が出るだろう――と、白ばっくれたことを考えた。

百閒の食通ぶりは『御馳走帳』に満ちあふれているが、白眉はシャンパンの肴におからを食うことである。言うまでもなくシャンパンは高い。おからは安い。五円買ってくると食べ切るのに三日か四日はかかる。そのおからの上に搾ってかけるレモンは一個九十円もする。ラーメンが一杯五十円くらいのころの話である。

なにごとにもうるさい百閒のことだから、おからだってお膳の上に並ぶまでには大変な手間がかかる。買ってきたおからを袋に入れて、まずごしごしと水で洗う。それを擂り鉢に入れてごりごり摺って、それからまだまだあるけれど、手を下すのは、こひであって、百閒は食うだけである。

昔からおからをこぼすと長者になれないと言うけれど、おからをこぼさなければ長者になれるかと言えば、そんなことはない、と百閒が実証している。（「おの字」「おから」「おからでシャンパン」）

「をかやま」

岡山の合同新聞社から出ていた月刊誌。昭和二十一（一九四六）年三月から十一月ころにかけて「古里を思ふ」を寄稿している。（『百鬼園戰後日記』）

岡山寺

↓墓所

『沖の稲妻』

昭和十七（一九四二）年十一月、新潮社から刊行された。半田圭治装釘、四六判箱入り三百六十ページ、一円九十銭。本文用紙はざら紙。三十七篇を収録して末尾に講演要旨の速記が三篇入っている。

お罌粟

おけしと読む。子どもの髪型の一種で、四、五歳ころの百閒がこの形にしていた。ケシ科の越年草罌粟（芥子とも）の蒴果に似ているので、おけしと言う。頭を坊主に剃り上げ、頂上にだけ毛を残して丸く垂らし、残した毛の真ん中に丸く窓を開けるのがおけしである。（「ねぢり棒」）

お十夜

十夜念仏、十夜法要のことで、広辞苑によると、浄土宗で陰暦十月の六日から十五日の十昼夜にわたって修する、念仏の法要であるという。内田家の菩提寺である岡山寺は天台宗であるが、やはり十夜法要をやったらしく、信心深い祖母の竹が達者なうちは、百閒を供につれて欠かさず通った。宵からの法要なので御高祖頭巾をすっぽりとかぶり、鹿皮を巻いた取っ手のある赤銅の袖炉に炭火を入れていった。(「十夜」「かしは鍋」)

オノマトペ

擬音語。百閒には独特のものがあり、例を上げるとつぎのようである。どろすこどろすこ—法華の太鼓。じゅびじゅび—小さな波が砂をかむ音。ちるっちるっ—鶸の声。れいれい、あるいはケレーケレー—鶴の声。どろどろ—汽車が鉄橋を渡る音。しゃあしゃあ—カツを揚げる音。じゅんじゅん—油揚げの焼ける音。(「百鬼園日記帖」「浪」「河原鶸」「鶴亀」「柳検校の小閑」「薬喰」「油揚」「鶴の舞」)

おふさ

名作「サラサーテの盤」で、石巻の芸妓だった美女の名がおふさである。小説では中砂が一目ぼれをして、のちに後妻に迎えることになっているけれど、好きになったのが実は百閒のほうだったのは、日記などで明らかである。↓曽根

同名の女性が出てくるのは、犬ぐらいもある大きな白猫が不気味な小説「白猫」で、こちらはお房であるが、宿の女中である。もう一人、父方の親戚の子で、ふうさんと呼んでいて、お房か房子かは判らないけれど、被布を着た幼女がある。むろん、百閒も幼かったころの話で、二人して京橋川の河原へ草摘みにいくのだが、ふうさんは鼻か喉が悪かったようで、絶えず梟が鳴くような声をしていたという。明治三十年ころのこととある。(「サラサーテの盤」『百鬼園日記帖』「土手」「白猫」「文選女工」)

おれい

小説「昇天」の、結核で病死する主人公の女性。「昇天」の初出は昭和八（一九三三）年二月号の中央公論で、その後、『旅順入城式』中の一篇となった。「昇天」補遺と副題のついている「笑顔」が昭和十一（一九三六）年八月の朝日新聞に載った。「昇天」は小説だが、「笑顔」は実在したおれいについての回想である、と旺文社文庫版『けぶりか浪か』の平山三郎による雑記にはある。また、福武書店版の全集第一巻『旅順入城式』の平山の解題には、「笑顔」は昭和十二（一九三七）年冬刊行の『北溟』に載ったとも記されている。↓『北溟』

オルガン

子どものころから楽器が好きだった百閒は、中学初年級のころ、本式に琴をはじめる前にオルガンを習っていた。生家の志保屋がまだ盛んだったころで、父の久吉につれられて、大阪でおこなわれた第五回内国勧業博覧会（↓）を見たのを機に、心斎橋の三木楽器店へゆき、念願のオルガンを買ってもらったのである。学校などにあるものより小型だが、本式なもので、三十五円であった。いっときは市中の音楽教師について教わったが、初歩ばかりで生意気盛りには面白くない。結局はものにならなかった。そのオルガンは東京へ持ってきて家に置いたけれど、高利貸に差し押さえられて競売されてしまった。（「初日の出」「馬は丸顔」『鬼園漫筆』）

女

百閒の創作中の女を見れば、例外なく粋筋の女で、素人の女は出てこない。裕福な造り酒屋の一人息子に生まれ、おばあさん子で、幼いころから体が弱かったから、真綿でくるむように育てられて、わがままな坊やのまま大人に仕上がってしまった百閒にとって、居心地よく扱ってくれる、都合のいい女ばかりである。

百閒居にドイツ語を習いにきていた、長野初（↓）という才媛に、百閒が淡い恋心を抱いたようにも見えたけれど、知の勝った気位の高い長野初が、百閒と清子との隙間に食い込むことはなかったし、百閒一人にとっての淡い思いのまま、彼女は関東大震災の炎の中に消えてしまった。

帝大生のころ、小石川指ヶ谷町の四軒長屋で、女義太夫の十八、九の女弟子に見た、東京者の垢抜けた身のこなしの魅力が、百閒の心のどこかに、とてもかなわないものとして巣食っていて、のちのちまで尾を曳いていたようである。

こうして見てくると、百閒はすでに『冥途』を構想していた辺りから、「こひ型」の女性にあこがれて、それが創作中の女性に反映していたものと思われる。（『冥途』「長春香」「アジンコート」「壁隣り」）

か

海軍機関学校

日本海軍の機関科に属する士官を養成する学校。明治十四（一八八一）年、横須賀に開校され、いったん廃止されたのち、明治二十六（一八九三）年に再置された。関東大震災で罹災したため江田島の海軍兵学校内に移り、のち舞鶴に移転した。百閒が兼務教官として在籍したのは芥川龍之介（↓）の推薦によるもので、大正七（一九一八）年から大地震までの五年間であった。

外国人

ドイツ語を教えることを生業としている以上、外国人との付き合いは少なくなかった。しかし、最初に接した外国人はイギリス人のエドワード・ガントレットで、小学生のころの百閒たち古京町の悪童は、ステッキを振り振り六高への道を歩いてゆくガントレットの後ろからはやし立てた。石を投げたりもしたものだから、髯を生やした怖い巡査が子どもたちの家へやってきて、親を叱るようなことになった。

ドイツ語を教わった最初のドイツ人は、六高教師オットー・ヘルフリッチュで、彼は日本語がまったくできないから、英語を媒介としての授業であった。東京帝大でのドイツ語の師はカール・フローレンツ博士で、日本文学の研究者で日本の博士号を持っていた。

陸軍士官学校のドイツ語教官になったあとに、はじめて着任したドイツ語の外国人教官はカール・グセルと言い、彼はずい分と百閒のドイツ語を持ち上げて助けてくれた。そんなことから、百閒が法政大学でドイツ語の主任教授になってからは、グセルを講師に招いた。法政にはフンチケルというドイツ語講師もいたが、この人はスイス人である。

外国人と多くの付き合いがありながらも、百閒は基本的に外国人嫌いで排外主義的なところがあったことが、いろんな著作からうかがえる。↓けらまなこ、ドイツ語（「雙厄覚え書」「夜の杉」「南蛮鴃舌」「フローレンツ博士」「卒業前後」「解夏宵行」「紅茶」）

かぎ屋

下谷坂本の鬼子母神近くにある飲み屋で、いろんな会合の流れで飲みにいった。土間の店が混雑しているときは別室へ通されるが、安政の大地震で倒れて燃えたあとの仮普請がそのままという代物で、障子の穴から猫が出たり入ったりした。

あるとき、平山三郎と暖簾をくぐったら、平山の後輩がカウンターに座っている。向こうを向いた後姿を見て、その頭をステッキでたたいた。つぎにいったとき、やはり彼がいたので、またステッキでたたいたら、これがとんだ人違いであった。店の主が取りなしてくれて、事なきを得た。

別の夜、飲み終わった帰りにタクシーに乗り、言問橋から駒形橋など八つの橋をあっちへゆき、こっちへ渡りして帰ってきた。このときは高橋義孝が一緒で、「円タク代を払うのはわたくしである」と、なにかに書いている。(「ヒマラヤ水系」「昼はひねもす」「八ツ橋」)

剛山正俊

剛山は「かたやま」と読む。百閒の昔の学生の一人で、摩阿陀会の席で主賓である百閒の隣りに座るのは、百閒を冥途へ送り届ける金剛寺の住職だからであった。ちなみに反対側へは、臨終の脈を執る小林安宅博士が座る。

小石川にあった金剛寺(↓)が戦災で焼けたあと、中野区上高田に再建することになり、寄進を募っていたところ、百閒が一口五千円を二口申し込んだ。ところが、そのすぐあとに出版不況にぶつかって百閒は払えない。あれはもう冥途へいってから振替で送ると言ったので、いけません、ぜひこちらの岸でいただきましょうと剛山が答えている。

カツレツ

今日ではトンカツがポピュラーであるが、百閒の若いころはカツレツと言えばビーフに決まっていた。第六高等学校の学生だったころ、西大寺町の四辻を左に曲がった先の浩養軒へ、しきりに出かけていた。丸顔の可愛らしい、おゑんちゃんという「エートレス」がいて、学生に人気があった。

　岡山駅前には三好野というレストランがあり、ここでもカツレツやビフテキを食った。サービスガールのお照さんは面長のすらりとした美人で、六高のドイツ語教師オットー・ヘルフリッチュもお照さんのファンであった。教室でたびたび容色をほめていたから、すらりとしたというドイツ語はシュランクだということを、学生たちはすぐに憶えた。

　帝大の学生のころは、本郷界隈にカツレツやビフテキを食わせる気軽な西洋料理店が多く、下宿の賄いで物足りないようなときには重宝していた。ある日、そんな店に入ってポークカツレツを注文したら、ついぞ見かけたことのない、首に白粉を塗った女が出てきて給仕をしたから面食らった。浅草六区にあった売春宿が警視庁につぶされて、そこで働いていた女たちが、学生の出入りする店にまで出没するようになったらしい。

　うまいとなると、もうそればっかりを続けて食うという性癖が百閒にはあったようで、帝大を出て所帯を持ち、しばらく遊食していた時期も、ポークカツレツがたびたびお膳に出ていたらしい。「掻痒記」には、女中が辞めさしてくれという理由に「麦めしと豚ばかりで、食べろと思へど食べられぬ。毎日毎日御飯が咽喉を通りませぬ」と言ったとある。ちなみに、このときの麦飯は、苦しい暮らしのやりくりではなく、わがままでそうしていた麦飯である。

同じころ、百閒が一どきにカツレツ八枚を食ったという話があるが、どうもこれは、鈴木三重吉が漱石一門に広げた伝説のようで、三重吉への追悼文「四谷左門町」で、それを半ば否定している。

麦酒を飲んで、トンカツを食いかけたが、うまいのでしばらく夢中になつた——とあるのは「東京日記」のその六に出てくる銀座裏の、狐か犬か定かではないが、獣の客で満員のトンカツ屋である。のちに三島由紀夫が『作家論』（中央公論社）の中で、この作品を「いまだに怖い」と好評している。

貧乏を振りかざしながら、その実とてもぜいたくで健啖だった百閒は、空襲で家を焼かれてのちの小屋暮らしのときでさえ、不思議なぜいたくをしていた。小屋ではじめてカツレツを食ったのは、戦争は終わったのに、まだ思うようにものが手に入らなかった、昭和二十二（一九四七）年十二月十五日のことである。（「古里を思ふ」「人垣」「六区を散らかす」「掻痒記」「四谷左門町」「牛カツ豚カツ豆腐」『百鬼園戰後日記』）

合羽坂

昭和四（一九二九）年の春、廃業になったために早稲田ホテル（→）を出た百閒は、牛込区市ヶ谷仲之町の二階家へ引っ越した。秋になると合羽坂に近い同町九番地へ移って、佐藤こひとの暮らしがはじまるのだが、この家が以後八年住むことになった、合羽坂の家である。二畳、三畳、六畳の三部屋で、大きなお屋敷の塀の一部のような趣だったという。近隣は華族、日本銀行副総裁、証券会社社長、皇室の女官長などというお屋敷ばかりであった。

江戸期に仙台藩の屋敷があって、家来が合羽を干した所がいまの坂道になっているので、それで合羽坂と言うのだと百閒は書いている。しかし、東京都が建てた標識には、この東南に蓮池があり、出没した獺を近隣の人が河童と間違えたのが、地名のはじまりとあった。（「俄かに天狗風」）

河童忌

芥川龍之介の忌日、七月二十四日を河童忌と言うのは、龍之介の小説「河童」にちなんでのことであろう。年々のその日には芥川と親しかった人々が、田端の天然自笑軒に集まって酒を酌み交わした。毎年暑かったことを百閒は八年目の河童忌について書いている。河童忌の庭石暗き雨夜かな——これが百閒の席上吟であるが、俳句のほうでは河童忌は夏の季語である。河童忌は戦争のために統制がうるさくなるまで続いた。

昭和二十一（一九四六）年のこの日は、戦後すぐのなにもないころでもあったから、集まりはなかったし、百閒は自宅の水晶仏に水とビスケットを供えただけであった。（「河童忌」『百鬼園戰後日記』）

金

お金のことは神秘な不思議に属する。それに触れたら千万言も他人には解らないだろうし、自分も解らなくなるから触れまい——と、戦後すぐの「醉餘」には書いているが、この文はお酒の酔いについてのものであり、お金のことは付けたりで、実は反語であった。しかし、それをはるかに溯る時期、あちこちで金についての見解を披瀝していたのは、金銭というものの内懐に手を突っ込んで、すでに神秘に触れていたからなのであろう。ただし、触れたのは神秘であってお金そのものではない。

官立学校に地位を得て高等官であった若い日から、いつもお金が足りなくて高利貸になじんでいた人の、つまり、並々ならぬ借金苦の中を突き抜けてきた人の言うことであってみれば、自ずと底光りのするものがあるのだと言わなければならない。百間の金銭哲学には、彼一流の皮肉と哀歓とが、ないまぜになっているように思われる。

高利貸ばかりか、先輩や友人たちからも、たびたび金を借りていた百間は、世間の常識に対しても、含蓄のある警告を発している。まず友達にお金を借りて見ることですね。そうすれば、相手の人の気持がよく分かります——などというのがそれである。

百間は、一番いけない借金は、必要なお金を借りようとすることであると言う。こう書きながらも、百間の借金は道楽や女のために必要が生じたのではなくて、主として家賃や近所の商店への支払いのためであったのは、どういう皮肉なのであろうか。もっとも、還暦を過ぎての借金は、いわゆる錬金術（↓）であったが、人を大勢集めて飲んだり食ったりの大騒ぎをするための、完璧な無駄であったのは、老境に入って名人の域に達したということなのであろうか。

しかしながら、金についての文章が書かれた年代を見て判ることは、なにも年齢を重ねてのちに、心さわやかな澄み切った境地に達したのではないということである。書いたものが人に読まれはじめたころ、すでに彼は金に対して斜に構えていたのであって、それらの断章は、遅くとも太平洋戦争のはじまる少し前、四十代の後半には書かれていた。

「借金運動も一種の遊戯である」「貧乏だって、人からお金を借りてくれれば、そのお金のある状態は即ち金持ちである」「いつもお金を絶やさないように持っているのは、私などよりもう一段下の貧乏人である」などと言いながら、やがては、金は物質ではなくて、現象である。従ってこれを所有するということは、一種の空想であり、観念上の錯誤である——という究極の真理に達するのである。(「酔餘」「百間座談」『阿房列車』「御慶」「無恒債者無恒心」「大晦日」「夏の鼻風邪」「百鬼園新装」)

金矢忠志

法政時代の百閒の学生で、石川啄木と同郷であった。北村猛徳(→)と一緒になって、人の弁当を黙って開けては食い散らし、気に入らなければおかずの位置を変えるといういたずらをした。クラス会ではバイオリンを演奏したこともある。卒業後は国鉄に入ったが、酒豪で、酔うと「ドロスコドンノドン　ドンドンドン　ドロスコドンノドン」とご機嫌になっていつまでもやめない。そうしたことからかどうか借金苦に陥り、逃れるために中国大陸へ渡ったが、淋しさに耐えられず酒びたりになって、体を壊し郷里に近い盛岡へ帰った。

昭和二十二(一九四七)年八月二日には、盛岡から突然にやってきて百閒居を訪問した。そのころはまだ貴重だった清酒が一本あったのを開けて、二人して一升を飲んでしまった。

東北本線阿房列車のとき、盛岡で百閒を迎えた矢中懸念佛は、この金矢のことである。その後何年かして、自宅の近くで倒れた金矢は間もなく亡くなったという。(「カメレオン・ボナパルテ」「アビシニア國女王」「四霊會」『百鬼園戰後日記』『阿房列車』)

雷

百閒は生まれつき雷が怖い。それは何万年来の遺伝の恐怖であると、あちこちの文中にあり、すべての人にとって等しく雷が怖いように書いているけれど、しかし、百閒の場合は尋常一様ではなく、いささか度がはずれているのではないかと思われる。そうして、雷が鳴るとたまらず、東京駅や有楽座や三越に逃げ込んだというのは、百閒の風貌を思うとき、おのずと可笑しみが漂う。

父の久吉が死んだ夜にも雷が鳴って怖かったことが「夜の杉」に書かれているけれど、どうも、何万年来の遺伝に、百閒が幼少時をその中に過ごした、怪異な昔話や迷信という環境も加わっているかのようである。

大正九(一九二〇)年五月六日の日記には、電気の安全器をはずしてガスを点し、蚊帳を釣って、その中で夕飯を食べ、まだ鳴り止まないので寝床を敷かせて寝てしまったとも記されている。

昭和二十(一九四五)年八月の日本の敗戦直後、アメリカ占領軍の爆撃調査団に呼び出されて、二世に空襲の恐ろしさを尋ねられたときは、爆撃も怖いが雷様はもっと怖いと答えている。それが相手にうまく伝わらなかったため、英語で話したところ余計に判らなくなったのは、二世にとって、百閒が学校で学んだ英語が難しい表現ばかりだったからのようであった。(「蚤と雷」「雷」「沙書帳」「我が酒歴」「雷

鳴」「夜の杉」『續百鬼園日記帖』「爆撃調査団」「正月の稲妻」「雷九州日記」）

蒲鉾

百閒の子どものころ、夏の夕方になると、蒲鉾屋の横山から焼きたての蒲鉾と鱧皮を売りにきて、蒲鉾は一枚六銭だったという。切り取ったあとの板に残った身を削って、生姜醤油をかけて食べるのが好きだったが、こひと暮らすようになってからも、それをやって、木の香の混じった独特の風味を味わっている。また、昭和十九（一九四四）年六月に記した「餓鬼道肴蔬目録」にも「かまぼこノ板ヲ掻イテ取ツタ身ノ生姜醤油」と出ている。

ついでながら、前述の横山というのは有名な蒲鉾屋だったようであるが、面白い「伝説」が残っている。横山の主人が船で瀬戸内海を渡って、讃岐の金毘羅様へお参りをしようとしたとき、沖に出た船が鱶の群に囲まれて船中が大騒ぎになった。こういう際は、船客全員が船端に手拭いを下げて、鱶が引っ張った手拭いの主が海中に入って鱶に食われ、ほかの者を救わねばならない決まりである。その日、鱶が引いた手拭いは横山の主人のものであったので、彼は「わしは岡山の横山だが」と言ったところ、鱶は一散に逃げたという。（「蒲鉾」「油揚」「餓鬼道肴蔬目録」）

カメレオン

法政大学の学生が百閒につけたあだ名。怒ったり、機嫌が良くなったり、しょっちゅう変わっていて正体がつかめないからだという。また、カメレオン・ボナパルテと言った者もあったらしく、わがままで横暴で扱いにくいという意味のようである。（「カメレオン・ボナパルテ」）

『贋作吾輩は猫である』

昭和二十四（一九四九）年四月一日から「小説新潮」に連載、毎号の挿絵は内田巖。翌年四月に新潮社から刊行された。内田巖の装釘は、原典の夏目漱石『吾輩ハ猫デアル』初版本（橋口五葉装）を模したものであった。四六判三百八ページ、二百七十円。麹町六番町に移ってから初の新著作本である。

寒暖計

百閒居には家の中に三ヵ所、寒暖計が置いてあった。冬中、火鉢や暖炉に火を絶やさなかったのは、浴衣（↓）一枚の薄着でいたいからであったが、そのために温度調節をする必要があった。夏には、日に何度もこれを見て回っては、これでは堪らんと思うらしい。気温だけではなく、自身の体温にも細かく気を遣ったようで、日に何回も体温計をのぞいていた。（「秋を待つ」『百鬼園戦後日記』）

甘味

酒を飲まない日はない百閒であるが、甘いものも好きでよく食った。大手饅頭（↓）は子どものころから一生を通じて口に入れていたようであるが、日本郵船時代には、明

『贋作吾輩ハ猫デアル』

治製菓別館にある「可否茶館」で、コーヒーとお菓子（ケーキ）を取ったようである。昭和十五（一九四〇）年ころには、帰宅するとまず冷たい紅茶を一杯飲む習慣であった。紅茶には砂糖を入れなかったけれど、これは一緒に摘むお菓子の甘みを尊重するからである。

戦後の昭和三十三（一九五八）年十一月には、宴会に出たのち下谷坂本のかぎ屋（↓）へ回って、口直しに今川焼きを食うつもりだったのが、店が閉まっていたのであきらめ、帰宅途中の汁粉屋で汁粉を食った。別のときには、かぎ屋の向かいにある今川焼屋から取り寄せて、ビールと一緒に口直しをやっている。（「可否茶館」「窮屈」「紅茶」「彼岸桜」「昼はひねもす」）

き

『鬼園の琴』

昭和二十七（一九五二）年一月、三笠書房から刊行、四六判三百十ページ、二百八十円、カバー装画は林武。三十三篇を収める。

『鬼苑横談』

昭和十四（一九三九）年二月、新潮社から刊行された。三雲祥之助の装釘、四六版三百二十ページ、一円八十銭。四十七篇を収録して、巻末に「俳句帖拾遺ノ五」十句がある。

『鬼苑漫筆』

昭和三十一（一九五六）年二月三日から四月十七日までの七十五回、西日本新聞に連載したものを、同年七月、三笠書房から刊行。四六判二百四十六ページ、特製版が箱入りで四百八十円。普及版は箱なし三百二十円。装釘はともに林武。七十六篇を収めている。

菊島和男

大正十二（一九二三）年、法政大学の学生のときに百閒の供をして北海道旅行をするために家を出たが、東京駅へ向かう途中で関東大震災に遭遇して帰った。翌年の旅行へ札幌から同道して、帰途の青森で宮城道雄の演奏会を聞いた。昭和十四（一九三九）年五月、勧業銀行在職中に病を得て急逝した。（「旅愁」「希夷公」「希夷公の認印」）

『菊の雨』

昭和十四（一九三九）年十月、新潮社から刊行された十一冊目の文集であった。織田一磨装釘、箱入り、三百七十ページ、一円八十銭。四十四篇が収録されている。

戦後、紙型が残っていて、新潮社の専務佐藤俊夫と増刷の約束をし、五千円前借をしたり、印税の前払いをもらったことが、昭和二十二（一九四七）年六、七月の日記に見えている。（『百鬼園戦後日記』）

汽車

百閒の汽車好きは、知らない者がないほどに有名であるが、阿房列車を乗り回すよりもずっと昔、郷里岡山にいたころすでにそうだったようである。明治四十三（一九一〇）年、帝大へ進むために上京する折り、大叔父の内田安吉が、お前は汽車が好きだから二等に乗っていけと言って五円くれたことが、それを証拠づけている。郷里の思い出を綴った文中にも、通過する汽車を駅まで見にいったことが見えるけれど、どこがいいという類いの説明はない。

しかし、汽笛の音で機関車の番号が判るとか、八八五〇は十二台しかなかったなどと「百鬼園夜話」にあるのを見ると、今日で言うマニアックな汽車好きであったのだとも思われる。学生時代に東京と郷里を往復する際、窓から顔を出していたために、顔の片側だけ汚れたというのを見れば、景色を眺めるのが好きだったようでもある。

百閒の汽車好きをことさら強く印象づけたのは、やはり阿房列車シリーズであって、昭和二十五（一九五〇）年の秋、大阪へいったのがはじまりであった。なんにも用事がないという点が大事で、どこへいって、なにかを見てくるという目的や用事があっては阿房列車にならない。ただ汽車に乗るということだけが重要なのである。

汽車に乗るについては、やはり一等車が一番だったようで、五十歳になった時分から一等でなければ乗らないときめた、という。けれども、三等だってけっして嫌いだったわけではないらしい。

阿房列車は大阪へいったのを皮切りに、国府津、由比、尾道、博多、鹿児島、八代、福島、青森、秋田と、あまねく日本中を走ったのであるが、いつも百閒に同行していたヒマラヤ山系こと平山三郎によれば、汽車だけの走行二万五千キロ、わかりやすく網走・鹿児島間で言えば四往復半を超えることになり、期間は三十年四月までの約五年間に延日数九十日の旅行になるという。（「上京」「二本松」「通過列車」「特別阿房列車」「一等旅行の辯」、平山三郎「阿房列車小遣帳」）

北村猛徳

法政大学での百閒の学生。金矢（↓）とコンビで人の弁当を黙って開け、食い散らすようないたずらをしたが、その金矢にマッチの火で髪の毛を焼かれたことがある。

摩阿陀会の案内状の文章はいつも北村が書いていた。一回目のときは余興に百閒の葬式の予行をやり、北村が椅子を並べた上に寝て仏の役をした。そのころになって金矢に仕返しをしようにも、金矢の頭にはもう毛がないので、居眠りしていた東京新聞記者平岩八郎のポマードで固めた頭に火をつけた。

世間に地位を得てからも、昔の仲間でお酒を飲むと、酔った勢いを駆って夜明け近い百閒居を急襲した。窓格子を揺すり、台所の高窓をがたがた言わせたり、ひとしきり騒いでは消えた。頭髪が薄くなってからは、名前からけもの篇を取って「孟徳」と署名した。小田急電鉄重役のちに江ノ島鎌倉観光会社社長。（「年酒」「摩阿陀十三年」「年の始めの」「予科時代」「豚小屋の法政大学」「蒙禿少尉の出征」「四君子」）

狐

生涯を通じて動物好きだった百閒が、本当に好きだったのは猫ではなく、実は狐だったのだと言って過言ではない。むろん、百閒が狐を飼ったことは一度もない。けれども、あんなに好きで可愛がって執着をしていた猫が、六十七歳からの数年のことであるのと違って、狐は好きとも嫌いとも書いてはいないのに、生涯を通じて、作品のいろんなところに姿を現して変幻自在である。

　百閒が作品の題材に狐を取り上げたのは大正十二（一九二三）年に出た『冥途』の中の「短夜」が最初である。作中、町裏の土手や大水のときの水がそのまま残った大池、その向こうの竹薮など一つ一つが、郷里の風景そのままである。

「東京日記」には二十三の小品が描かれていて、そのうち二つが狐と関わりがある。この作品は昭和十三（一九三八）年一月の「改造」に掲載されたもので、前年の暮れも迫るころ、八年住んでいた牛込区市ヶ谷仲之町（合羽坂）の家を引き払って、麹町区土手五番町へ引っ越すのを、こひにまかせ、その間に東京ステーションホテルの三三八号室に引きこもって書き上げた、絶妙な百閒的東京風景である。

　三島由紀夫は『作家論』の中で、百閒を、一語一語に警戒心を怠らぬしたたかな作家——と、評価している。そう言う三島が、いちばん怖いというのがその六である。友人に連れられていったトンカツ屋で、雷が強くなるに従ってお客がふえてきて、屋根の裂けるような雷鳴で驚いて立ち上がったら、いっぱいのお客が犬だか狐だか判らないが、みんな洋服を着て、長い舌で口の回りをなめているのもいた、というのである。

　その十二も、その辺りは曖昧ではあるが、晩年に書かれた「天王寺の妖霊星」に、まったく同じ場面が描かれていて、そこでは座った後ろにしっぽのようなものが出ているから、狐に違いないと思うことができる。

同じ年に小山書店から刊行された『狐の裁判』は『王様の背中』と並んで谷中安規の版画を散りばめた異色の童話である。ライネケ狐が悪知恵を働かせて立身出世するという物語は、ゲーテの「ライネケ・フックス」からの翻案であるが、悪者が勝っているだけに、四年前の『王様の背中』の序で、この本のお話にはなんの教訓もありません。ただ読んだとおりに受け取ってください。それが文章の正しい読み方なのです——と書いた百閒は、『狐の裁判』に至って、どんな正しい者でも、どんなに強い者でも、知恵がなかったら悪者に勝つことはできないという教訓です——と書かざるを得なかったようである。

「枇杷の葉」という作品は昭和二十六（一九五一）年の作であるが、その前年に「夜毎の雲」という題で、大阪から出ていたカストリ雑誌「千一夜」に掲載されたものを改題したのである。百閒はよんどころない錬金術のために、この作品を「千一夜」に渡したのだと、平山三郎が解説に書いている。

この作品には、祖母竹がお祭り鮨を奪われた笹山の狐や、雄町の狐も登場するけれど、ここでは雄町でだまされた竹吉が武さんという名前になっている。物語の中心になる馬鹿に様子のいい、すらりとした芸妓は、こちらから話さないのにそれを知っているばかりか、猪之吉さんが饅頭岩の上に座っていたという、まったく別の話もする。この芸妓が実は狐であることは、二人で入った待合で、女中がいやな匂いがすると言って部屋を出ていくのと、停電のために持ってきた燭台で壁に映った芸妓の影に、女中が悲鳴を上げて逃げるところで、窺い知ることができる。

「けらまなこ」にも饅頭岩の狐は出てきて、饅頭狐という名である。百閒と思われる作中の「僕」の家の近所の菓子屋の兄さんを卯之助といい、墓山の下にある水車小屋のそばの、昼でも暗い道の丸い大岩が饅頭岩で、そこの主が饅頭狐なのだろう。卯之吉さんは狐が化けたきれいな女にかしづかれて、夢見ごこちで恍惚としたまま、三日三晩家に帰ってこなかったという。随筆なのか小説かはっきりとしない、そのあわいのところに俳味のような味わいが漂う。

同じ年の「小説新潮」に発表した「ゆうべの雲」も「枇杷の葉」と同じような雰囲気であるが、こちらは芸妓でなく、甘木さんの「三本目の家内」という得体の知れない女性が登場する。読み終わったところで、あの女は狐だったのだと思えるような味わいがある。

「狐は臭い」は、東京オリンピックの閉会式の模様をラジオで聞きながら、東須磨の狐が夜汽車に化けて遊ぶのだから、それにならって、もう一度七万五千の大観衆でスタンドが沸き返る光景を再現して見せたらどうだと、代々木の狐や狸を唆すという、とぼけた話である。

「葉蘭」という四百字詰め三枚半ほどの奇妙な風合いの小品があって、やはり狐が出てくる。昭和十五（一九四〇）年十一月の「都新聞」が初出である。そうして、「葉蘭」という表題にもかかわらず、全体で三十一行の文中、狐について書いた部分が二十二行あるのに、葉蘭を書いたのはたったの九行しかない。

葉蘭というのは葉っぱの大きい蘭の一種で、江戸時代には馬蘭と言っていた。葉が広いから、細工するのに向いていて、亀のような、おめでたい形に包丁で切り抜き、鮨などの味や香りの違うもの同士の間にはさんで飾りに使われていた。江戸の職人さんの粋な腕の見せ所でもあったのだろう。今日、合成樹脂でできた鮨の飾りを「ばらん」というのは、そうしたことの名残りであるが、それはともかくとして、葉蘭が夜の暗い庭でさわさわと鳴っている様を生き生きと表現したい、そのために百閒は床下に檻に入れた狐を置いたのであって、その狐は空想上の、頭の中だけにいる、実在しない狐であった。

百閒は狐を飼ったことはない。飼ったことはないけれど、しかし、食ったことはあって、それは「葉蘭」の書かれた同じ年のことである。前年の暮れに催した玄冬観櫻の宴（馬鍋）に続いて一月十四日夕五時から、百閒居に十二人を招待して鹿鍋の宴が開かれた。夜も遅くなり、客が二、三人ずつ帰りはじめたころ、鶏の笹身のような肉がお膳に運ばれ、それが狐の肉であった。このときの鹿肉は、神戸魚崎在住の亡父久吉の友人から送られてきた、六甲山で獲ったものであったが、狐についてはどこの誰から届いたのか、まったく出所が判らない。村山は味噌漬だと書いているが、百閒の「鹿ノミナラズ」には粕漬となっている。後日、この狐肉を宮城道雄検校にお裾分けしたところ、うまいうまいと賞味した検校が大いに喜んだのは良かったけれど、そのあと家人がなにを聞いても、こんこん―と言って返事をしなかったという。（「短夜」「東京日記」その六、その十二、「天王寺の妖霊星」『狐の裁判』「枇杷の葉」「けらまなこ」「ゆうべの雲」「狐は臭い」「葉蘭」「作文管見」「鹿ノミナラズ」）

『狐の裁判』

昭和十三（一九三八）年十二月、小山書店から刊行。Ｂ６判変型、百五十六ページ、五十銭。装釘・装画は谷中安規。少年少女文庫の第十四編として発行された。

きぬた

きぬたというのは、洗濯した布や着物をたたいて柔らかくし、また艶を出すのに使う道具で、日本の古い絵で見ると、杵を柄の所で半分に切ったような形であるらしい。朝鮮では夏に洗濯した衣類にのりを着けて艶出しするのに、両手に持ったバットのような棒でたたき、中国では李白の詩にもあって擣衣というが、形状については判らない。

幼いころ、生家の酒蔵の方から響いてくるきぬたの音を、百閒は聞いたという。その音が夜気に乗って響く様は、風情のあるもののようであるが、なにがなしさびしさが漂うような思いに誘われる。

いくらゆかしい音でも、いまはもう聞くことができない。「世の中の移り變りで、消えて無くなる物の多い中に、呼べども戻らぬ一つ」と百閒は書いている。「みよし野の」には、牛込市ヶ谷の合羽坂にいたころ、近所のおばあさんが打っていたのを聞いたのが最後とあるが、百閒の合羽坂時代は一九二九（昭和四）年にはじまった。（「みよし野の」）

記念品

帝大卒業後も職がなく、いわゆる百閒の遊食時代に、お金に困って百円の金策を小宮豊隆に頼んだ。小宮を通じて知人にお金を出してもらったのである。そのときの小宮の親切を記念しようと思った百閒は、借りたお金の中から四円五十銭を出して、九段の坂下にある金光という時計屋で懐中時計を買った。

やはり金に困って、と言っても、そのときは小遣い程度の金だったが、夏目漱石の所へいって五円もらった。その記念には神田の文房堂で原稿用紙を千枚買って、お釣りでまだご馳走が食べられたという。この原稿用紙は『冥途』を書くのに使っている。

漱石の記念としては、使い古しの先が折れたオノトの万年筆や、マジョリカ焼きのペン皿、夏服もあるけれど、白眉は漱石の鼻毛である。漱石という人は書きつぶしの草稿をくしゃくしゃと丸めるようなことをせず、机の横に積み重ねていたが、それが五、六寸に積もったとき、許可を得てもらい受け友人と分けた。その中の一枚に、漱石の鼻毛が原稿用紙のます目に沿って、丁寧に植えつけられたのが混じっていたのである。それは『道草』執筆時の師の苦吟のあととして大切にしまっておいた。(『百鬼園夜話』「漱石遺毛」)

吉備団子

桃太郎の話で有名な吉備団子は、岡山市の中納言にある廣榮堂という店で売っていた。まだ上京する前の百閒が漱石に送ったところ、団子は丸いと思っていたが、吉備団子は四角いのだねと、礼状にあった。団子同士がくっつかないように、経木を組んだ格子の中に並べてあったために、四角になってしまったのである。

店で売っているものは竹の串に刺して扁平で丸い。婆やの背中に半纏で負ぶわれているころ、その中で食った団子の串を、婆やが捨ててしまったために百閒がむずかり出し、串を持ってくるまで泣き止まないということもあった。

むろん、吉備団子は岡山の名物であるから、廣榮堂ばかりでなく、市中のあちこちに元祖や本舗があって、自慢の味で売り出しており、駅売りのものもあるという。(「黄色い狸」)

久吉

百閒の父久吉は、納得づくの捨て子で志保屋の娘になった峰のところへ、市内網ノ浜花畑の福岡家から迎えた婿であった。久吉の代になって、すでに四つある蔵に五番蔵を加えたから、店はなまなかのことでは揺るぐものではないと、よそ目にも映っていたのに違いない。久吉は、あまたの蔵の者、店の者の頭上に君臨し、彼らを手足のごとくに使って店を仕切った。だから、志保屋の荷は瀬戸内海を渡って四国にまで運ばれるほどになり、盛んな勢いであった。

そうなったのを潮に、久吉は大枚をはたいて島村眼科医院に入院し、生来の斜視を手術してまともな目素性に治した。以来、苦み走ったいい男と言われて狭斜の巷でもてはじめ、この方面でも、人も知る発展家だった舅殿をしのぐのではないかとささやかれた。噂にたがわず、市中のどこかにおたけさんという可愛い人を囲っていたようである。加えて、商人仲間の間でも重きを置かれるようになって、商業会議所だ、寄り合いだと言っては公用をいいことに店を空けるようになった。茶屋酒の味も身に染みたようになると、姑の竹にはどうもおもしろくない。夜遅くなって店にもどった久吉を前に据えて、長ぎせるで畳をたたきながら意見をするということもたびたびで、そんな竹がお小言の締めくくりにいつも言うのは、こんなことではゆくゆく栄が可哀想ではないかという、その一つであった。申し開きようもなくなって困り果てた久吉が、その場の成り行きで本気か芝居なのかは判らないけれど、箪笥の引き出しを開けて懐剣を取り出し、これで喉を突いて死ぬと叫ぶような修羅場も潜った。

しかし、主の茶屋酒くらいで三代続いた店がにわかに傾くものではない。それより、旦那のいないことの多くなった店では、皮肉なことに久吉が一番お気に入りの儀三郎という番頭が羽根を伸ばしはじめ、最初のうちはこそこそと、やがて大店の主でもあるかのように旭川の中州にある遊里中島の赤い灯の下で、湯水のように金を使った。よそで飲む酒の方がうまいというのはやはり人情で、やがて気づいたときには、店の金箱から持ち出したのが四百円にもふくらんでいた。かつて舅の栄造が店で働かせていた、峰の腹違いの弟で甚吉という男が、八百円という大穴を空けたのに次ぐ痛手であった。

そうして、仕込み樽が壊れて酒が流れ出したのをはじめ、縁起の悪い嫌なことがいくつも重なり、坂を転がりはじめる勢いは人には止め難いものがあるらしく、店はだんだんと左前になる。百閒は高等小学校三年から中学へ進んでいたが、そのころには、使用人たちも暇を出したのか辞めたのか少なくなり、秋の日が沈むように店の内情は暗くなっていった。

どうしようもなくなった果てには、酒屋にとって大事な酒税に滞納が生じて差し押さえを受けた。どうも、女の恨みで密告した、久吉の恋敵がいたようである。揚げ句に久吉は脚気を患ってしまい、それがだんだん悪くなって脚気衝心と言われるようになっては、そのころでは結核と同じように、もはや手の施しようがなく、死を約束された身であった。郊外の山寺に転地療養をしたのも空しく、はたで見ていられないような苦しみの日々に、金銀の蝶々が飛んでいるよと口走るようになって、もう誰の目にも長いことはないと思われた。姉に背を押してもらって起き上がり、寺の北庭を見て、もういい、これで死ぬと言ったのが、この世で発した最後の言葉になった。それから何日も経たないうちに志保屋は倒産した。百閒十六歳の明治三十八（一九〇五）年の夏であった。

日本というまだ新しい国が、政治的にも経済的にも世界史の激動の中で変転しようとしていた時代であって、大きく考えるならば、志保屋が破綻したのも、時代の無遠慮な動きに追いつけず、弄ばれた結果であったと言うことができる。現に同じころ久吉の親しい友人であった手拭問屋が店を閉めたのをはじめ、市中の表通りに何代も続いた店がいくつも倒れていた。

内田家には、もう一人の久吉がいて、つまり、妻の清子が長男を生んだとき、百閒は自身が祖父の名をもらったのにならって、その子に久吉という名をつけていたのであるが、この子は夭折する運命にあったようである。↓メロン（「枝も栄えて」「たらちをの記」「目出度目出度の」「夜の杉」「葉が落ちる」）

牛乳

はじめて牛乳を知ったのは、幼稚園か小学校初年級のころだったという。年寄りなどはまだ汚らわしいもののように思っていたころだから、百閒の虚弱体質を心配して飲ませたようである。そのころの牛乳屋は大きな缶に入れて各家庭を回り、柄のついた柄杓で量って土鍋に注いだらしい。生のままでは飲まず必ず沸かして飲んだが、表面にできる薄皮を牛の子と言って捨てていた。

長じてからの百閒は、朝食と言うか寝起きの食べ物が牛乳とビスケットという時代もあった。（「牛乳」）

牛肉

生家は造り酒屋だったから、酒蔵が穢れるというので、子どものころは肉を食わせてもらえなかった。しかし、百閒は体が弱かったから、母の峰と町外れにいる叔母さんとの間で、薬喰（↓）に牛肉を食べさせようという話がまとまって、父や祖母には内緒で食べたのは、どうも、すき焼きのようなものであったらしい。食べたあとはくさみを消すためにみかんを食べたり、酒でうがいをしたりした。屋根職人が落ちてけがをしたのは、前の晩に肉を食ったからだということを、みな本気で信じているような時代の話である。

長じて、心臓や腎臓にいくつもの持病を抱えた百閒は、主治医の小林博士から牛肉を禁じられたが、牛は冬の間は藁を食っているのだから、うちではすき焼きのことを藁鍋（↓）ということに決めると家人に言い渡して、盛んに食った。博士がいけないと言われたのは広く獣肉のことであって、なかでも猫や虎の肉が腎臓に悪いのだろうと白ばっくれた。（「薬喰」「養生訓」）

御慶

お正月になれば人を呼びたくなる。人を呼んでご馳走をしたい、あるいは、それを口実ににぎやかにお酒を飲みたいけれど、なにしろ家は三畳御殿で狭いから、一どきにというわけにはいかないのに相手は大勢である。そこで一日に二人または三人だけ呼ぶことにして日程表を作り、暮れのうちに通知を出した。はじめてみたら毎晩のことだから、相手が変わってもこちらは百間一人というのは当然のことで、それでも三畳御殿にきた年はなんとか処理したが、つぎの年は途中で熱を出しておつき合いができなくなった。あわてて延期の通知を出したくらいだから、つぎからはよそうかと思った。しかし、通知は出さなくてもくる者はあるだろう、お正月ですから年賀にきましたと言われればそれまでである。正月中は旅行に出ていることにして難を避けようとも考えたが、そんなことをしたら後生が悪いだろうという気がしてやめた。いっそのこと一網打尽にしようと、新年御慶の会と称して、第一回は昭和二十七（一九五二）年正月三日、東京ステーションホテルへお集まりください、拙宅へはおいでになりませんように、という通知をはがきで出した。

そうしておいてお金のことを考えた。むろん、お金がないのは、それはいつものことである。お金はないけれど、仮りにそれだけの余裕があったところで、自分の懐から持ち出して人をご馳走するなどとんでもない話であった。自分の所になくても、世間にお金はいくらでもあるのだから、まだ自分のものではないお金を使って人をご馳走する。そうして、そのお金が自分のものになるときに差し引いてもらえば、ぜいたくでもなければ、少しも惜しいと思わないだろう。そこに錬金の極意がある。けれども、借金するのには潮時があって、早ければいいというものでないのは、早ければ相手だって断りやすいし、仮りにすぐ手に入っても、使う日まで懐にしまっておくという器用なことができるものではない。押し迫って十二月もあと最後の一旬しかないという辺りで錬金のことは成った。

ホテルだからご馳走は洋食である。前菜、ポタージュ、伊勢海老の冷製（あるいは車海老のシャンパン蒸し）、小鴨の炙り焼（もしくは若鶏の辛子風味）、生野菜、フルーツ、コーヒーといった、お上品なコースがテーブルの上に運ばれてくるけれど、三十人ばかりの列席者もお行儀のいいのははじめのうちで、お酒が回ってからは摩阿陀会（→）同様の大騒ぎになった。メンバーがあらかた同じだから、それも道理というもので、やむを得なければ仕方がなかった。百閒はお行儀が悪いとは言わないまでも、いつものお膳の上でさえも長い。外で飲めば、なお長っ尻だから、約束の時間を過ぎても終わらなかった。蛍の光を流せばうるさいから止めろと言うので、ついには席の後ろの窓を全部開け放たれてしまった。

（「正月の稲妻」「御慶」「年の始めの」、雑誌太陽「特集・作家の食卓」一九九四年十月）

清子

百閒の最初の妻清子は四歳年下。県立中学時代からの友人で、六高のときに夭折した堀野寛の妹である。繁く行き来していた中学時代、堀野の家へいったときに清子を見初めて一目ぼれの態の百閒は、一方的に恋心をつのらせていた。この年齢の恋のあり方としては良くあることだが、はじめから清子の気持ちがどうあろうと、そんなことにはお構いもなく、一途に想いを寄せた百閒は、日記の中ではすぐにも清子を妻と決めていたらしい。中学卒業のころのある夕方、堀野家から帰ろうとした百閒の目の前を、たまたま風呂から出たばかりの清子が通り過ぎて、思いがけなくも上気した白い裸身を見てしまったのが、それがいわゆる運のつきで、恋の炎はますます盛んに身を焦がした。同級生の誰彼に清子を取られてしまうのではないかと、闇雲に不安を抱いたこともあった。

そうして、結婚という運びになるまでには、なにしろ百閒の家が没落していることではあり、清子の家族の反対もあったのを、そこをなんとか克服して二人は結ばれた。大正元（一九一二）年九月、百閒は帝大の新学期前の休暇中に岡山へ帰省して、自宅で清子と結婚式を挙げた。そのとき、清子はすでに身ごもっていたから、彼女を岡山の祖母や母のもとに残したまま、しばらくは指ヶ谷町で百閒の一人暮らしが続いた。

漱石は百閒の結婚を聞くと、マジョリカのペン皿と七宝焼きの一輪挿しをお祝いにくれた。両方とも書斎に置いて大切にしていたけれど、のちにアメリカの爆撃機がきたとき、家ごと焼かれて跡形もなくなった。

大正十四（一九二五）年に百閒が家を出て早稲田ホテルにこもり、のちにこひと一緒に暮らすようになってから、清子は次男唐助一家と暮らしていたが、昭和三十九（一九六四）年六月、七十二歳で死去した。（『百鬼園日記帖』「漱石遺毛その後」）

『禁客寺』

昭和二十九（一九五四）年十月、ダヴィッド社から刊行。四六判二百四十ページ、二百八十円。箱入り、装釘は平山三郎案。十一篇を収録しており、本文第一ページの口絵に、百閒居の門脇に立った茶室・禁客寺の写真を挿入している。後半には阿房列車シリーズの「長崎の鴉」「房總鼻眼鏡」「隧道の白百合」が入っている。

禁客寺

三畳御殿は隣地を併呑してそこへ池（↓）を掘ったが、御殿を母屋として、鉤の手になった廊下を隔てた所には六畳間を作り、これを新座敷と呼んだ。庭の向こうには池に臨んだ離れを建てて茶室にし、余人を入れないつもりで禁客寺と名づけた。しかし、百閒自身も滅多に上がったことがなく、母屋よりも上等な畳を敷いたこの三畳は物置き同然であった。そのあと、母屋と禁客寺の間へ、こひの妹千江のために小さな家を建てた。（「瓢箪八つ」「禁客寺」）

禁客寺

く

空襲

昭和二十（一九四五）年一月二十七日の銀座の爆撃にはじまり、アメリカによる空襲はいよいよ身に迫ってきたが、ついに五月二十五日夜半、百閒は家を焼かれて、瓦礫を積んだような焼け野原に放り出された。

その夜は十時二十三分に空襲警報のサイレンが鳴った。用意の荷物を玄関まで持ち出したけれど、ことひと二人して背中に背負いきれるものではない。持てるだけのものを身につけて、大切なものでも辞典そのほか重いのはあきらめるしかなかった。

四谷や牛込の方から低空で飛んでくるB29の腹が、地上の火炎を映していもりのように赤かった。猛烈な風と埃、灰と火の粉の中を、裏の土手の方へよろよろと歩いていった。両手にはきのうの飲み残しのお酒が一合ばかり入った一升瓶と、目白を入れた袖籠を持っていた。途中の道々、苦しくなると立ち止まって、ポケットから小さなコップを出し、こひについでもらって、一合しかないお酒を少しずつ飲んだ。夜が明けてからコップ一杯半飲んだら、それでおしまいになったが、こんなにうまい酒は飲んだことがないと思った。

こんなときのために、日本郵船の部屋へ入って、そこで何日かを過ごそうと思ったのに、足が痛いと言うこひを連れて、一里の道を歩いていってみると、停電で真っ暗で水も停まっていた。手探りをして部屋までいくのがやっとだったから、りんごを半分ずつ食べあと、あきらめて帰ってきた。五番町までもどってきたら、ここらは全部焼けたと思っていたのに、松木邸内の塀際の三軒だけは残っていた。松木男爵から許しを得て、火の番小屋に住まわせてもらうことにした。(『東京焼盡』『新方丈記』)

薬喰

寒中などに保温や滋養のために獣肉を食うことを言う。(「薬喰」)

葛原しげる

広島県福山出身の童謡詩人、作詞家、童話作家。東京高等師範在学中から泰西名曲に詩をつけて発表していた。父が琴の名手だったところから、まだ無名だった宮城道雄(↓)と親交を結び、良く彼を支えた。百閒の岡山県立中学校の同級生難波久太郎(↓)を通じて百閒を知っていた葛原は、帝大生だった百閒と同じ下宿にいたことがあり、自室に百閒を呼んで琴を弾かせ、物議をかもしたことがある。百閒に宮城を引き合わせたのも葛原であった。(「八重衣」「電気屋の葛原さん」)

口髭

帝大生のころ髭を生やすのが流行ったから、百閒もはじめて口髭をつくった。夏休みになって、髭を伸ばしたまま帰省したら、祖母の竹がびっくりして、剃らなければ寝ている間にむしってしまう、という騒ぎになったけれど、なんとかやり過ごして上京し、また学校へ通ううち嫌になって、ある朝剃ってしまった。学校の廊下で会った同級生が驚いて、化け物に会ったような顔をした。

それ以来、生涯を通じて何度も髭を立てたり落としたりしたのは、髪の毛とのバランスであって、坊主頭には髭を立て、長い時には生やさなかった。

合羽坂にこひと同居するようになったころは、髪を長く伸ばして分けていたけれど、新しい床屋に馴染んだのを機に、丸坊主になって口髭を伸ばした。このときは学生時代の短く刈り込んだのとは違って、古風な、漱石先生を思わせるような髭であった。

戦争末期、日本郵船の文書顧問になった当初、髪は一厘刈りだったから髭を生やしていた。もう髭が流行らなくなって久しく、時代遅れの髭を生やした丸坊主の大入道が、山高帽子にフロックコートで入社のあいさつにいったので、郵船の社員がずい分と驚いたらしかった。

時代遅れだからというのでは、いかにも百閒らしくないけれど、郵船に入ってしばらくして髭を落とした。台湾に旅行したとき、髪が伸びて始末が悪いので、台南市の床屋へ入って分けてもらったからである。

戦争中の小屋暮らしから、戦後に三畳御殿に入っても、近所の床屋へいっていたが、何ヵ月かに一度くらいしかいかないし、自分で髭を剃ったこともないから、顎や口の周りが頭と同じ長さに伸びて、自分でもむしゃくしゃするほどになった。外に出られる風体でないから、床屋に出張を頼んで、きれいさっぱり一厘刈りにしてしまった。床屋に命じて八の字髭を残した。(「髭」「忘却論」「無伴奏」「ねじり棒」「鬼園漫筆」「峻峯四十八座」)

『クルやお前か』

昭和三十八(一九六三)年七月、東都書房から刊行。四六判二百四十ページ、箱入り、三百九十円。装釘と口絵は齋藤清。二十篇を収録したうち「ノラに降る村しぐれ」など三篇は『ノラや』から再録している。

け

芸術院

芸術院会員に推されながら、無愛想に辞退したことは有名な話で、百閒の頑固で皮肉な性格を、ことさら印象づけた。

芸術院、正確に記せば日本芸術院は官制の組織で、「芸術上の功績顕著な芸術家を優遇するための栄誉機関」である。第一部美術、第二部文芸、第三部が音楽・演劇・舞踊に分かれていて、百二十人を定員とする会員がある。古くは帝国美術院と言って美術家だけを対象とするものであったが、これを改組して昭和十二（一九三七）年から帝国芸術院とし、戦後の昭和二十二（一九四七）年に日本芸術院と改めた。

文部省（当時）の管掌下にあり、日本芸術院令に基づいて運営される。会員の選考はあらかじめ文部省が行ったものについて選考委員会でふるいにかけ、さらに会員の選挙で内定される。極めて権威のあるものだから、会員に推されたことは非常に名誉なことなのであろう。けれども、気むずかしいのが資格の一つでもあるような芸術家のこと、その権威がなによりも嫌いという人だって少なくないはずで、こういうことにかけては人後に落ちない百閒が、推薦を断るのは当然のことであった。十五、六年前に一度選考に漏れてからというもの、言ってきたら断ろうと思って腕をさすっていたのである。戦時中に作家たちが強制的に加入させられた文学報国会でさえ、頑強に加わらなかった百閒であってみれば、その辺のところはごもっともと言うべきであろう。

芸術院辞退のいきさつを綴った百閒の文が「柵の外」という題であるのは面白い。自分を豚に見立てているようでありながら、芸術院などは柵に囲われた豚の集団ではないかと言っているような、いないような。権威の大嫌いな百閒が、鼻をうごめかせているようにさえ思われる。（「柵の外」「夏の小袖」）

『けぶりか浪か』

昭和三十七（一九六二）年七月、新潮社から刊行。四六判三百ページ、布装箱入り、三百九十円。装釘は内田克己。十九篇を収録している。

けらまなこ

全編が会話の「けらまなこ」という文章は、百閒とかつて彼が教えた学生の阿麻君とが、お膳をはさんで一献やっている雰囲気の、つかまえどころのない作品である。変幻自在で、なんの役にも立たない、とぼけた話題ばかりが引きもきらない。

文庫本で三十二ページも費やしたあげく、酔いどれの千鳥足のような会話は、隣家の外国人のことになり、けッさい／むッさい／毛ッ唐人が／けらまなこ——という唄で終わっている。

毛唐人というのはなにかと言うに、江戸の昔から、髭が濃いのを捉え、外国人を蔑視してこう言ったのであるが、今日では差別語である。ここは、往時の風潮を知るためとでも認識していただくほかはないだろう。けらまなことというのは、しかし、意味不明である。

この唄は百閒がまだ小学生だったころに、よく囃し立てたものだったようで、そうしたものの常としては、歌い継がれているうちにもとの意味が失われて、はじめとは違うものとして残るようである。

この囃し言葉について、「けらまなこ」を読んだ、百閒の後輩である大橋古日が、唄の文句が抜けていると指摘した。大橋の言うところを百閒が書いたものによれば、全句はつぎのようである。けッさい／むッさい／毛ッ唐人が／けッちゅうもんめ／十三もんめ／けららんが／けッさいこで／けッさい達磨の／けらまなこ。

よけいに意味不明であって、すこしもはっきりしたことにならないのはともかく、この文句がどういうときに囃し立てられたかと言えば、やはり大橋説を百閒が記すところでは、冬の寒い日の、「おしくらまんじゅう」であった。（「けらまなこ」「けらまなこ再考」）

原稿用紙

百閒がひところ使っていた原稿用紙は緑色の手刷りのもので「百鬼園稾紙」とあったと、旺文社文庫『鬼園の琴』巻末の雑記に平山三郎が書いている。

この原稿用紙は版木に絵の具を塗って、こひが二、三十枚ずつ刷っておいたものだという。欄外の狐は初版の『冥途』の装釘に野上豊一郎が描いた、奈良・薬師寺にある仏像台座の狐で、これをもとにして法政大学で教えた岩瀬高次が彫ったものであるが、東京空襲で版木を焼失してしまった。

戦後の掘っ立て小屋時代には、こひが鉛筆で葉書大の紙に升目を引いて作ったのを使っていたこともある。手刷りと言い、手書きとは言っても、百閒自身の手ではない。

木版手刷りの原稿用紙は、これも師の夏目漱石の影響だったのだろう。漱石の原稿用紙は、縁の額に竜の模様がある橋口五葉の木版を刷ったもので、判は大きかったけれど半切であったと、百閒が書いている。（「漱石先生の書きつぶし原稿」）

玄冬観櫻の宴

百閒が馬肉（↓）を食う会を催したのは昭和十四（一九三九）年の十二月十五日の面会日（↓）であった。馬肉は赤いので別名を桜というところから、観桜の宴としゃれたのである。「拝啓今月十五日ハ馬ヲ可仕候ニ就キ御啖否御洩シ被下候ハバ難有奉存候　敬具　十二月十日　百馬園主人」という招待状で、村山古郷ら八人が出席した。この席上、馬鍋の中に鹿を入れたらという話が出た（『御馳走帖』中公文庫版の平山三郎による解説）。なお「玄冬観櫻の宴」は翌年一月の都新聞に初出、のち『船の夢』に所載。↓狐、鹿。

こ

『戀文・戀日記』

平成元（一九八九）年五月、福武書店から刊行、四六判四百二十七ページ、二千二百円。装釘は田村義也。増補版が平成七（一九九五）年にベネッセコーポレーションから刊行され、四六判四百五十三ページ、二千二百円。装釘山高登。

こひ

百閒が妻清子との戸籍上のことはそのままにして、文字どおり後半生をともにした女性は、佐藤こひと言って、下谷生まれの東京者であった。岡山という、東京を西へ去る何百里もの田舎から出てきた百閒が、東京の女性の垢抜けた身のこなしに常々圧倒されるものを感じていたことは「壁隣り」などの作品から充分に窺うことができる。

二人のそもそもの馴れ初めについては、百閒もはっきりとは書いていないから判らないところがあるけれど、粋筋の女性であったこひと出会ったのは、早稲田ホテルに隠れるよりも前だったのには違いなく、十七歳年下の東京女の魅力に、いささか参っていたのではないか。

こひと一緒に住むようになったのは昭和四（一九二九）年の春であった。以来、もう少しで八十二歳になろうという昭和四十六（一九七一）年四月二十日に急逝するまで、四十二年の間こいと連れ添った。清子の没後に婚姻届を出して、法律上も夫婦であったのはたった六年間だったけれど、清子存命中から、百閒の付き合いの範囲や文章の上では、家の者あるいは家内と称して、実質上の妻であった。

百閒はこひと過ごすようになってから、のちの世に名を残す作品のほとんどを生み出している。こひは百閒に思うさま好き勝手に振舞わせてくれたから、広大な宇宙を跳ねまわっていると思いながら、こひの掌から外へ出られないのを気づきもせず、心地良い思いのうちに生涯を閉じた。あえて意地悪な言い方をすれば、威張らせておいて、実は支配する技にこひは長けていた。（「東京焼盡」「アビシニア國女王」）

皇室

明治生まれの人間だからだろうが、百閒にも皇室を尊重する考えはあった。けれども、それは大日本帝国憲法による、統治者としての天皇への尊敬ではなくて、「神の子孫」である天皇への、宗教的で素朴な畏敬の念であっただろう。そうして、それもまた彼のことだから尋常一様ではない。岡山の池田家に嫁いだ元内親王順宮の手が、霜焼けで紫色にはれているという話に涙ぐんだり、皇太子の結婚を心の底から喜び、「秩父宮殿下に上るの書」では、かつて陸軍士官学校で接した秩父宮の思い出を記したあと、病気の快癒を願っている。

昭和二十（一九四五）年八月十五日の日本の敗戦のとき、天皇の録音放送を聞いて、自分でも説明のつかない涙を流したと『東京焼盡』に書いた百閒は、それから間もない十一月十五日、伊勢路から帰ってきた天皇の姿に東京駅で遭遇し、「何となく涙あふれたり」と記している。

しかし、そうかと思えば、学生時代には「天皇ハ陸海軍ヲ統率シ」という帝国憲法の条文を、川柳調だねと言って揶揄し、幼少時の名を廸宮《みちのみや》と言った裕仁天皇が、青山御所の外を通る納豆売りの声を真似したというので、宮城道雄と一緒に「納豆屋のみっちゃん」（↓）と密かに呼んでいた。

戦時中は東京音楽学校の演奏会の終わりに、全員に君ヶ代を歌わせるのが例になっていたのを気に入らず、早めに席を立って出てしまったのに、戦後になると酒の席で盛んに歌っていた。（「岡山のなが袖」「皇太子の初幟」『東京焼盡』『百鬼園戦後日記』「漱石遺毛その後」「秩父宮殿下に上るの書」「上だけ」「君ヶ代のたんま」「君ヶ代」）

高利貸

陸軍士官学校に職を得てしばらくしたころ、百閒は豊島与志雄と知り合った。豊島は士官学校の隣りにある幼年学校でフランス語を教えていた。百閒は俸給をもらうようになっても、相変わらずお金に困っていたから、お金に困る——と相談を持ちかけたら、豊島は心得たような顔で高利貸を紹介してくれた。幼年学校と士官学校の境目の、横町の奥に村松という金貸しがいる、あれは紳士的だからいって見給え、と言うのである。どうやら豊島はこの道では先輩であったらしく、はじめは豊島の保証付だったから簡単に借りられた。返したり借りたりして実績が重なってからは保証なしでも借りられるようになったが、こちらは高等官であって、こんなに身許のしっかりしたことはないのだから、たいがいは二つ返事で貸した。

村松を手はじめとして、百閒はいろんな高利貸とつき合うことになった。そのころの日記に、原という高利貸から千二百円借りたが、日歩八銭で毎月元利四十円ずつ払うことにした、あまり安い利息ではないけれど、三條の半分、田島の三分の一だ、と記されている。この年は四月に新大学令が施行されて、百閒は法政大学の教授になっており、収入の道が一つふえたはずであるが、八月の日記にも中内、田島、三條、原などに会って、証書を書き替えたり、利息の払いを待ってもらったりしている。

債務の不存在を訴えた高利貸との間には、横柄な裁判官に腹を立てて奇妙な友情さえ生じた。だが、そういう仲になったからと言って取り引きの上での遠慮会釈は毛ほどもなく、期限を過ぎればすぐに差し押さえてくる。そのために百閒は官立学校を辞めてしまった。

使ったときは持っていたのだから金持ちなので、いま持っていなくても貧乏ではないというのは、けっして負け惜しみや詭弁ではないのだが、俗人にはとてもそういう深遠な境地に至ることはできないだろうと思われる。

かくて百閒は、絶対真理を得た名人の境地に逢着するのであった。そうは言っても、そこに達するまでに味わう苦汁の量は、並み大抵のものではないから、普通の人間ならばさっさと尻尾を巻いて逃げているだろう。（「黒い緋鯉」『續百鬼園日記帖』『鬼園漫筆』「大阪越え」『地獄の門』「散財将棋」）

「國鐵情報」

日本国有鉄道の雑誌。平山や中村武志(↓)からの依頼で、昭和二十一（一九四六）年八月ころから、一回が五、六枚の原稿をたびたび執筆した。稿料は前払いでもらっていた。大井征(↓)の翻訳原稿を掲載したこともあるが、おそらく百閒の斡旋によるものであっただろう。

『御馳走帖』

昭和二十一（一九四六）年、ざら紙・針金綴じ、定価二十円で出たものがあるという。昭和四十三（一九六八）年十一月、三笠書房から刊行、四六判箱入り二百九十ページ、六百九十円。装釘は藤岡光一。六十五篇を収録。

琴

琴を習いはじめたのは中学初年級のころである。以来、琴は百閒の精神形成に重要な位置を占め、力量においても、趣味と言ってしまえないほどのものであったのだろうと思われる。はじめは塩見筆之都《ふでのいち》勾当について、のちにその紹介で池上伊之《これゆき》検校に教わった。ちなみに、勾当、検校というのは盲人の官位であるが、検校が上位で勾当、座頭の順になる。

中学のころは、よく近所の岡崎眞一郎の家へ遊びにいって、一緒に琴を弾いていたが、なにかの折に講堂で弾いて聞かせたら、男なのに軟弱だと校長になじられたので、一時はかなり強く反撥した。

帝大生になって東京へ出てからは、しばらく遠ざかっていたが、本郷森川町の蓋平館別荘にいたとき、中庭を隔てた向こうの棟に旧知の葛原しげるがいた。葛原の部屋には琴が掛けてあって、絃もちゃんと締めてあるのを見たら弾きたくなり、爪を借りて弾きはじめた。「八重衣」の手事の散らしを弾いていくうち、調子が出てきて気持ちよくなり、うっとりとなって続けていたところ、中庭を取り巻く数十枚のガラス戸に反響して、試験勉強をしている下宿生から苦情が出た。

『御馳走帖』

陸軍士官学校の教官になって三年目の大正八(一九一九)年五月、宮城道雄の発表会に感動した百閒は、葛原に紹介してもらい、牛込払方町に宮城の家を訪ねた。五歳年下の宮城を一目見ただけですっかり気に入って、親交がはじまる。宮城作曲の「唐砧」や、いろんな曲をおさらいしてもらったけれど、一緒にお酒を飲むようになると、そっちの方がおもしろくなった。

昭和十二（一九三七）年には、同好の士を集めて桑原会（↓）という琴三味線の会をつくり、七月二日に、宮城教場を借りて第一回の演奏会を開いた。

同じ年の十二月十二日十二時から、第二回を開催する予定になっていたけれど、演練が間に合わず延期になって、十九日に行われた。第三回は翌年の十二月十二日であったが、琴ばかり弾いていたので本業が間に合わず、新年号の締め切りを飛ばしてしまう。そうして、つぎの年は桑原会の前に鉄道ホテルにこもって原稿を書き上げ、演奏会が終わったその足で、こひが先に引っ越しをすませていた、麹町三番町の新居に移った。（「長磯」「師走の琴」「八重衣」「電気屋の葛原さん」『續百鬼園日記帖』、口述筆記「桑原会自讃」「やり直し」）

琴を弾く百間

『琴と飛行機』

昭和十七（一九四二）年二月、拓南社から刊行、四六判箱入り二百八十四ページ、二円二十銭。装釘谷中安規。二十六篇を収録。

小林安宅博士

百閒の主治医で、一週間か十日おきには診察を受けていた。牛肉を禁じられたり、酒量を制限されたりしたが、百閒はなかなか大人しい患者ではなかった。正月には年々の嘉例として家に招き、寒雀の引っ張り焼きや鍋でもてなしていた。臨終の脈を採るという意味から、摩阿陀会では百閒の横に座った。(「病座中」「養生訓」『鬼苑漫筆』)

こぶ

百閒の後頭部には、子どものころから瘤があった。なにが原因で隆起したか知らない、と本人は言っているが、人が見るとかなり目立つものであったらしい。若いころ通っていた四谷塩町の床屋で、職人から指圧療法を勧められたが、放っておいた。(「その前夜」)

小宮豊隆

福岡県出身、東京帝大文学部独文科在学中に夏目漱石の門人となった。能や歌舞伎、俳句にも造詣が深く、論客として知られ、『中村吉衛門』が著名。漱石の研究書を著したが、崇拝のあまり神格化したために「漱石神社の神主」と揶揄された。東北帝国大学文学部教授、東京音楽学校(現・東京藝術大学音楽学部)校長などを歴任。独文学者、文芸評論家、演劇評論家、日本学士院会員。(「失敬申候へ共」「ノミに小丸」)

虎列剌

コレラを百閒はこのように表記した。明治三十(一八九七)年前後、岡山にコレラが大流行したことがあり、死者の埋葬が間に合わず、裸の棺桶を棒につるして、前後を二人で担いでいったので、コレラのことを一本棒と言ったらしい。陸軍士官学校の教官のころ、ドイツ文法の時間に脱線して、一本棒の綱が切れて仏が尻餅をつき、その拍子に生き返ったという話をしていたところ、予告なしに主任教官が入ってきてあわてた。あとで、士官学校では自分のことを教官と言うべきところを、僕と言っていたのを注意されたが、コレラの話は、「生徒の常識を涵養することにもなるから結構」という返事であった。（「五十五軒」「皮膚虎列剌」「百鬼園師弟録」）

金剛寺

東京都中野区上高田四—九の金剛寺には、百閒とこひの墓が並んでいる。住職の剛山正俊（↓）が法政大学で教えた学生だった縁である。

表の通りから宝泉寺の塀を左に見て、境妙寺との間の狭い道を入ると、右手が曹洞宗の金剛寺である。裏口から抜けて路地に出ると、すぐ斜め裏の塀に囲まれた一画が墓地になっている。狭い通路に石が敷かれているのは、雨でも降ると、ぬかってしょうがないような土質なのかも知れない。入り口と反対の隅近くに百閒の墓碑があった。前に「木蓮や塀の外吹く俄風」という句碑があるけれど、存外に小さい。右隣りに同じような墓碑と、まあるいお顔の観音様が立っている。後ろの塔婆に「覚清院殿鯉月妙貞大姉」とあるから、これがこひの墓なのだと知れるのは、百閒の戒名が「覚絃院殿隨翁榮道居士」だからである。岡山の墓所には清子、久吉と一緒に入っていて窮屈そうに見えるが、ここでは後半生を一緒だったこひと並んで、広々として仲睦まじい。（「摩阿陀会」）

さ

魚の味

百閒は魚が好きである。生まれ育った岡山の、瀬戸内海の魚の味に慣れ親しんだ百閒は、東京へきて有名な料亭の鯛に、味があってうまいのをいんちきだと思った。生きのいい鯛の刺身には味がない。その味のないところになんとも言われぬ味があるというのである。同様に江戸っ子が目の色を変える初鰹にも、新鮮な魚が入ってこないから、あんなものをもてはやすのだと、ぼろくそである。(「やらやら目出度や」「お祭鮨　魚島鮨」)

酒

百閒は、お酒と言って、酒と呼び捨てにはしなかった。生家は江戸時代から三代続いた造り酒屋であったから、多大なお世話になったということなのだろう。

お酒は学校を出てから、麦酒は高等学校の初年級の頃から味を覚え始めた——と、「我が酒歴」に書かれているように、はじめのうちビールしか飲まなかったのは、家がつぶれたのを婿久吉の茶屋酒のせいにした祖母の竹が、一人前になるまで酒を飲んではならぬと言い渡したからである。

東京帝大を出て陸軍士官学校の教授になってからは、祖母の手前もおおっぴらに酒を飲むようになった。はじめに味をおぼえたのは、銀座・地蔵横丁の三勝という縄暖簾の白鶴であった。三勝の酒はお燗に神経を使っているから味もよく、これでお酒の手がずい分と上がった。

夕食の膳では酒を飲むが、決してほかの時間には口にしない。間でお行儀のわるいことをするとせっかくの晩の酒の味が滅茶苦茶になる。酒は月桂冠の壜詰、麦酒は恵比須麦酒である。銀座辺りで飲ませる独逸麦酒をうまいと思ったこともなく、麒麟麦酒には味があって常用に適しない。平生の口と味が変わるのがいけないのだから、特にうまい酒はうまいという点で私の嗜好に合はなくなる——という百閒のご馳走美学は、昭和十（一九三五）年ころには出来上がっていたようである。

時代がだんだんと暗くなって、戦争に傾斜してくると食料も乏しくなり、ましてやビールや酒は思ったように飲めないという深刻なことになった。戦時中や敗戦後は日本酒、ビールの銘柄もかまわず、焼酎はおろか、合成酒、大学の研究室で作ったウイスキー、マッコリや日本薬局方の赤葡萄酒、甲州産と称する怪しげなブランデーまで、およそ酒というものならなんでも口に入れた。日記に「本日無酒なり」と書かれている日でさえ、ウイスキーやブランデーは飲んでいた。酒がなくて手の平に汗がにじむこともあったけれど、食うものもないという時代に、不思議なネットワークを駆使して、こひが酒を探して飛び歩いた。

昭和二十（一九四五）年五月二十六日未明の東京空襲のときは、片手に目白を入れた袖籠、もう一方の手に一合ばかり酒の残った一升瓶を持って逃げた。

百閒は生涯を通じて酒、ビール、シャンパンを好んでよく飲んだ。晩年には一晩のうちに三種類を続けて飲んだり、仕上げに大手饅頭などの甘いものを食ったりもした。一年に酒百七、八十本、一石七斗か八斗の見当を飲んだという昭和三十五（一九六〇）年の計算もある。（「す」「青葉しげれる」「我が酒歴」「酒光漫筆」「百鬼園日暦」『東京焼盡』、『百鬼園戰後日記』には、そのときどきの酒の値段が克明に記録されている）↓戰後の酒の値段

作家論

百閒についての作家論には、主につぎのような優れたものがある。伊藤整『作家論Ⅰ』角川文庫　昭和三十九（一九六四）年十月三十日、三島由紀夫『作家論』中央公論社　昭和四十五（一九七〇）年十月三十一日。

小説集『さむしろ』

昭和二十二（一九四七）年九月、静和堂書店から刊行、四六判二百二十ページ、五十円。装釘は伊藤憲治。五篇の小説を収録。

「残月」

妻に先立たれた老検校の、若い女弟子に寄せるやるせない想いを描いた「柳検校の小閑」を、三島由紀夫は、「東京日記」と並べて絶賛した。この文は、昭和十五（一九四〇）

年の雑誌「改造」に「柳検校の小閑」として発表され、昭和二十三（一九四八）年十二月に創作集『残月』に入れたとき、「残月」と改題したのが、昭和四十五（一九七〇）年刊行の『日本の文学』に収録の際、「磯辺の松」と再び改題されたものである。今日は福武書店の全集に「柳検校の小閑」として入っている。

柳検校（↓）が、片想いに見え、そうではないようにも思える微妙な恋の相手、女学校の英語教師三木さんに教えているのが「残月」という曲であった。百間が解説しているところによれば、これは古曲であって、生田流のいわゆる合せ物の一つである。峰崎勾当の原作の三味線にいろんな琴の手がついていて、中空調、半雲井調及び平調子など違った琴の曲ができている。

天明・寛政のころ（一七八一～一八〇一）に大坂の峰崎勾当が、門人であった娘の早世を惜しんで作曲した追善の曲で、歌の途中に手事（間奏）が入る、手事ものの代表作とされるこの曲は、生田流ばかりでなく、山田流でも演奏されるという。

そうして、三木さんは、「今はつてだにおぼろ夜の月日ばかりはめぐり来て」という後歌の、ただそれだけのお稽古を残して、関東大震災で全滅した横須賀の炎の中に消えてしまう。

百間にとって「残月」は忘れられない曲の一つであった。第六高等学校のころ、帝大まで同期の友人だった太宰施門の父太宰勝之都勾当の名演奏を聞いて、そのときの「残月」は三十年後になっても忘れることのできない感激を遺した。

毎日往き来していた同級生が亡くなった夜、自分の部屋を閉め切って「残月」を弾いていたことや、それから三十年経った夏の暑い盛りに、この曲を毎晩一段ずつ何度も繰り返し稽古していたら、母の様態が急に悪化し、初七日の法事を終えて身辺が落ち着いてからも、とうとう弾く気になれなかったことも記されている。（「桑原会自讃」「箏曲漫筆」「五段砧」）

創作集『残月』

昭和二十三（一九四八）年十二月、桜菊書院から刊行、四六判二百六十ページ、百五十円。二十六篇を収録。

三畳御殿

昭和二十三（一九四八）年五月、三年間を暮らした小屋住まいを終え、伯爵家の使用人の土地を買って家を建てた。十坪という土地の広さと予算の関係で、三畳ばかりが三つ並んだ作りになり、三畳御殿と呼んだ。（『百鬼園戰後日記』）

三畳の酔訓

文章に優れた者にとっては、たびたび経験することであるかもしれないが、ふと気づくと、いつの間にかペンがすらすらと動いて、体の中に巣食っている女神か魔神かは知らないけれど、唆されたように書き進めている自分を、不思議なものを見るように思うことがあるという。そんなとき、気分は極めて充実していて、心地良いものが体内に満ちているのであろうと思われる。

百閒が「僕は一篇を書かうとする時、書かうと思つて筋を立てたり構想したりしては書きにくいし、又書いても調子の低い物しか出来ない。机に向かつてペンと紙との間に自然に出て来た物でなければ、僕の文章で表現が出来ないと云ふ事を知つて来た」と言い、文章は人間の営みの中で一番尊いものだと言ったのは、この辺りのことだったのだろう。

三畳御殿の部屋で、たびたび平山を夕食のお膳につき合わせたが、こひの手料理がいくつもお膳の上に並ぶと、百閒はそれをひとわたり見て、自分のお皿と平山のとが同じ順序になっていなければ承知しなかった。ちゃんと並べ替えて、そこではじめて、重々しく開宴を宣言した。

「第一、書くことがあつて書いたのは、つまらないもんだね。書くことがなくて、じつと机に向かつているうちにね、指と指の間から、自然に生れてくるのがいいんだ」などと、百閒自身の口から平山に伝えた、山上の垂訓ならぬ三畳の酔訓がいくつもあった。

なお、三畳の酔訓の命名者は北村猛徳であり、摩阿陀会の回文に登場する。(『百鬼園夜話』口上、平山三郎『百鬼園先生雑記帳』)

サンデー毎日

昭和二十三(一九四八)年八月二十一日から、一回五枚、隔週連載の約束で、ぼつぼつと書きはじめた身辺雑記を「沙書帳」と言った。原稿依頼にやってきた女性記者に断ったけれど、彼女が泣きべそをかきながら食い下がったのに負けたのである。

のちに『随筆億劫帳』に収録された。（『百鬼園戰後日記』）

『殘夢三昧』

昭和四十四（一九六九）年十一月、三笠書房から刊行。四六判二百四十ページ、箱入り、九百八十円。装釘内田克己、校訂平山三郎で二十一篇を収録している。

し

鹿

神戸に住む、亡き父の友人だった人から六甲山の鹿肉をもらったのは、太平洋戦争前のことである。友人を呼んでにぎやかにやろうと思ったが、言葉の姿を整えるには馬を添えたほうがいいと考えて、馬肉屋へ走った。鹿ノミナラズ馬を添えた鍋の風情は一しほであつた——と書いている。↓馬肉

玄冬觀櫻の宴（↓）と称して馬肉を振舞ったのは昭和十四（一九三九）年の十二月で、鹿鍋は翌年の一月の面会日であった。村山古郷ら十二人が招待に応じたが、この日は本膳に馬フィレ肉の佃煮が出て、鍋に馬肉は入っていなかった。（村山古郷「正月の鹿鍋」旺文社文庫版『夜明けの稲妻』所収、「鹿ノミナラズ」）

志田素琴

百閒が第六高等学校に学んだころ、国語教師として赴任してきたのが藤井紫影に師事した志田素琴（義秀）であった。このために学校内はにわかに俳句熱が高まり、百閒、星島二郎、土居時良（蹄花）らは六高俳句会を結成して、河東碧梧桐を中心とした新傾向俳句の影響を受けながら句作に熱中した。そのために百閒は学業がおろそかになって、危うく落第しそうになった。昭和七（一九三二）年、素琴を中心にして大森桐明、内藤吐天、村山古郷ら七名によって俳句同人雑誌「東炎」が創刊された。のちに百閒も加わって随筆や俳句を投稿した。（「酌」「素琴先生」）

質屋

帝大を出たのに職もない、いわゆる遊食時代、友人の中島重が茅ヶ崎で結核の療養をしている。その中島から淋しくてならないという手紙がきて、見舞いにゆくのに金がなく、はじめて質屋の暖簾をくぐった。以来ずい分と重宝したけれど、はじめはなんにも知らないものだから、期限がきて流れてしまうのに受け出す金がなくて困った。思い余って漱石先生に相談したら、利子を入れれば流れはしないよと笑われて、利子を払ってもらった。（「質屋の暖簾」）

『實說艸平記』

昭和二十六（一九五一）年六月、新潮社から刊行、四六判

『實說艸平記』

二百八十ページ、箱なし、二百八十円。カバー装画は安井曾太郎、十一篇を収録。

志保屋

明治二十二（一八八九）年五月二十九日、内田百閒が生まれたのは、岡山市古京町一四五番地に、三代続いた造り酒屋・志保屋の長男としてであった。家建て娘の峰と婿の久吉は、この子に祖父の名をもらって榮造と名づけた。この年は二月に大日本帝国憲法が発布され、七月には東海道本線が全線開通した年であったが、初代利吉、二代榮造、三代久吉と続いた店が、そのまま繁栄を続けていれば、四代目の榮造もやがて平凡な旦那となって、店を盛り立てるだけの役を割り振られるはずであった。そうなっていれば、日本人は稀代の名文に堪能する至福のときを、彼の文章の量だけ失うことになったであろう。

今日、古京郵便局と、分家の「酢店」久保家の住居になっているために見ることのできない志保屋の、往時の姿はどんなものであったか。百閒がいろんな文章の中で断片的に書いたものや、岡将男作成の「百閒生家平面図」（『新潮日本文学アルバム42　内田百閒』新潮社）によれば、甍を競う五つもの蔵を従えた豪壮な家構えであった。そうして、それは、何代のちまでも揺るぐことのない威勢を誇っているように、市中の人々には思われたであろう。大戸の開いた玄関を入ると奥行き一間半、幅三間半もある広い土間があり、左奥の格子戸を開ければ、鉤の手になった黒土の土間の右に式台とつぎの間がある。土間はさらに台所や蔵の間の長い石畳へ続いて、中庭と、三間の渡り廊下でつながった離れの向うへ消えている。虫籠窓と言われる白い漆喰で塗りこめた太い格子の母屋の二階に、重厚な軒が影を落として、しっとりとしたたたずまいを見せていた。

古京町は岡山城の北から東へ大きく湾曲した旭川の、どこまで深いか判らないような濃い緑の流れが、ゆったりと南へ下る辺りの川東にあった。志保屋の前を東京日本橋から続いた国道（山陽道）が通って古京の町中を抜け、やがて市の中心部に通じて、これがそのころの主要道路であった。凹型の志保屋の敷地に囲まれるようにして隣りに煎餅屋があり、その東の豆腐屋と志保屋の間の路地から入って南へ出れば田圃、北には麦畑が広がるばかりで、やがて墓石の角々が見える塔ノ山という墓山でつきる。古京の北にある森下町が、かつての岡山城下最端の町で、そこから先はもう田舎であった。（「山屋敷の消滅」「高瀬舟」「麗らかや」）

清水清兵衛

法政時代の百閒の学生。学生航空の委員で、逓信省航空局の児玉課長の目に留まり、児玉が満州航空の総裁になるのと同時に社員になり、のち総裁秘書となった。たびたび上京しては百閒にシャンパンなどをご馳走していたようである。戦後は実践女子学園秘書課長であった。幸田幸兵衛は同一人物。後輩に対して口うるさかったので、小言幸兵衛からとってこのように呼ばれた。（「花のない祝宴」「三鞭酒」）

ジャガコロ

馬鈴薯をマッシュにして、親指の一節くらいの団子にし、これをマゾラ油で揚げてコロッケにしたものが、百閒の自慢料理の一つであった。とは言っても作るのは清子であり、こひであって百閒ではない。三畳御殿（↓）になってからの平山三郎との酒宴には、頻繁に顔を出している。（『實説艸平記』）

シャンパン

百閒はシャンパンのことを「三鞭酒」と書いていたけれど、ここではシャンパンで通す。法政大学航空研究会の会長になって間もなくというから、昭和四（一九二九）年のことになるが、偉いお役人を呼んで、学生の役員とともに学校近くのすし屋で宴会を催し、思いつきでシャンパンを取り寄せた。このときがシャンパンを人に勧めた最初であったが、その前にも自分が主催する西洋料理の宴会で、途中からシャンパンを出させていた。お酒がいい加減に回ってからのことであったから、悪酔いをしてげろを吐く者があったり、大騒ぎになったようである。

新しい飛行機がはじめて空を飛ぶときには進空式をするが、その際、新しい翼にシャンパンを抜いて振りかけるのが例になっていて、残りを会長職権で飲んだのが、シャンパンが病みつきになるきっかけとなった。

その後、友人の家の結婚披露宴に呼ばれたのに、まだ寝ている時間のため出席できず、国産のシャンパンを宴席へ贈った。味を知らないものを差し上げては失礼と、自分でも飲んでみたら意外にいけたので、自宅の食膳でも金紙を首に巻いた瓶が常連になった。

新年の御慶の会も昭和四十（一九六五）年の十四回目からは、シャンパンで乾杯をするほどで、ことのほか気に入っていた。高価なシャンパンに、安いおから（↓）を合わせることを考え出し、馬肉のコンビーフをくずさず、賽の目に切って酒肴としたのとが、シャンパンとの出会いの双璧であると自讃している。

晩年はほとんどシャンパンばかりになったが、そのころは三鞭酒でなくシャムパンと表記している。足が立たなくなって、ほとんど寝たきりのようなものだから、髪が伸びれば床屋に家へ出張してもらわなければならない。その床屋にも、散髪が終わったあとにシャンパンをご馳走するのを忘れてはいない。こひに支えてもらって執筆した、「猫が口を利いた」という掌編を最後に、「小説新潮」の連載も終わり、前著『残夢三昧』以後の作品をまとめ『日没閉門』として出すことになった。それができるのを心待ちにしていた、昭和四十六（一九七一）年四月二十日夕五時二十分、百閒はストローでシャンパンを飲んだあと、消え入るような静かさでこの世を去った。（「三鞭酒」「おからでシャンパン」「馬は丸顔」「雨が降つたり」「白日の夜襲」、平山三郎『詩琴酒の人』）

シュークリーム

明治四十（一九〇七）年ころ、岡山市古京町の志保屋から第六高等学校へ曲がる角に、広江という文房具店があり、そのころまだ珍しかったシュークリームを売っていた。夜、予習をしていてなにか食いたくなったときなど、祖母の竹にねだって買ってきてもらった。一個が四銭か五銭もする高価なお菓子であった。（「シュークリーム」）

収入

「原稿は月に二十枚程書く。その二十枚程の原稿を十日間くらいの期間で、締切ぎりぎり迄に書く。原稿生活、つまり収入はそれだけである」と平山三郎の『百鬼園先生雑記帳』（三笠書房）に書かれている。これは、いわゆる三畳御殿に住んでいた、戦後の百間の収入である。晩年は雑誌に連載したものがある程度にたまった時点で、それを単行本にしていたから、原稿料と印税が収入のすべてであった。印税というのは、著作権者が出版社から受け取る著作権使用料に当たる金銭で、定価掛ける発行部数の一〇％など、歩合は作家の力量や出版社の規模によって異なる。古くは出版社から係が著者宅へ出向いて、印紙に印鑑を押したものを、本の奥付の上に貼っていたが、近年は検印が省略されている。

十三号室

夏目漱石が死んでのち、岩波書店から全集を出すことになり、森田草平を頭に百間ら総勢四人が校正を担当することに決まって、築地の築地活版所の十三号室を仕事場とした。陸軍士官学校へ出勤したあとの午後や講義のない日にここへ通い、全集の刊行会から手当をもらったが、十五円だったか二十円だったか憶えていないという。ばらばらだった送り仮名などの語尾を、あらかじめ統一しておくことにして、「校正文法」を作って臨んだ。（『實説艸平記』「十三号室」）

従五位

戦中に百間が持ち歩いていた名刺は、本名である内田榮造の上に「従五位」と刷り込まれていて、ほかに肩書きはなかった。

従五位は位階の一つで、明治憲法のもと一位から八位まで各々正と従の十六階があり、勲功や功績のある者に与えられた栄典の一種である、と広辞苑などには出ている。もっと古い時代には、左右大臣が正・従二位、大納言が正三位に相当した。ちなみに、戦国の田舎大名武田信玄などは従五位下であったが、これから上が貴族ということだったらしく、大変にありがたがったようである。

新橋―横浜間に鉄道が開通して八十周年に当たる、昭和二十七（一九五二）年十月十四日の鉄道記念日に、百閒は東京駅の駅長に委嘱された。その際、主だった職員を前に行なった百閒の訓辞は、末尾に「東京驛名誉驛長　従五位　内田榮造」とあった。

大正五（一九一六）年から二三年まで陸軍士官学校、その後、陸軍砲工学校に勤務した二七年までの十一年間、ドイツ語教官だったことに対して与えられたものであるが、辞職したのは高利貸に追われるなど身辺が乱れたため止むを得ず、ということであった。

昭和二十二（一九四七）年一月二日には、従五位にものを言わせて宮中の拝賀にいこうと思っていたが、何人もの来客があって果たせなかった。（「時は變改す」『百鬼園戰後日記』、平山三郎『詩琴酒の人』）

酒肴

一日に一回しかお膳の前に座らないから、酒肴にはぜいたくをした。たとえば、昭和十三（一九三八）年三月三十一日のお膳の上を見る。「たひ刺身　たひ切身焼　塩さば　ちくわ防州　ベーコン　小松菜　ふきノ葉ノふき味噌　おろし大こ　ふき昨日ノノコリ　ふきノ葉つくだに　な

つとう　かつぶし　梅越後　豆ふ味そ汁　亀戸大根漬物　麦酒三　おかん一　塩しゃけ　あぢ干物　つけあみ」（平山三郎『百鬼園先生雑記帳』、「支離滅裂の章」『御馳走帳』）

将棋

将棋はあまり強くはなかったようであるが、負け惜しみは強かった。村山古郷が百閒の将棋は弱いと書いたのに反論して、負けたのは駒をやり過ぎたからであり、そんなに人に駒をやるのは強いからである、と書いている。戦後は書生のようにしていた青木と、一献のあと将棋をしていたことが頻繁に書かれている。（『百鬼園戰後日記』「勝敗は兵家の常なり」「散財将棋」）

精進料理

昭和十一（一九三六）年一月から、毎月八日、十七日、二十一日の三日をお精進と決めて、魚も肉も食べなかった。そういう日は木耳、高野豆腐、湯葉、乾瓢や田楽、ふきのとうなどがお膳を賑わせた。ただし、酒は飲んだ。翌日は精進落としと称して、牛肉の網焼きや鰻の蒲焼、牛タンを食った。要するにお精進と言えども、お膳の上のぜいたくに過ぎなかったようである。（「謝肉祭」）

白魚

岡山のほうでは「しろいを」と言って、東京あたりで売っている「しらうお」とは違うようである。児島湾の河口で、寒明け前後の残月のある夜明けに、腰から下を水につけて、木綿のような細かい網で掬う。とりわけ、夜が明けてから雄ばかりが川岸に近い所を一列になってのぼってゆくのを捕るのが、一番美味だという。だから、当然に高いもので、百閒が岡山にいたころ一匹が一銭も二銭もした。（「白魚漫記」「聯想繊維」）

新さん

志保屋の近くに新さんという車引きがいて、父久吉がお抱えのように使っていた。幼少のころの百閒が、小生意気に紋付・袴をつけ、新さんの車に乗って、父の代理で年始回りをした。幼稚園に上がる前のことだから、人力車（↓）に一人で上がるほどには背丈がない。回礼する家の前に車が着くたびに、新さんに抱えて降ろしてもらい、父の名刺を置いてもどると、また抱え上げてもらった。

久吉が死んだときには、新さんが湯かんをした。湯かんというのは、死者を裸にしてぬるま湯で清めるのだが、その際、新さんは「この旦那さん、いろいろと面白いこともおありだったが、死なれるとこんなに小さなおちんちんになられた」と言って泣いたという。東京帝大を出てのちの遊食時代になって、祖母が淋しがるからと言って、年老いた新さんを東京まで呼び寄せたのに、毎晩のように一緒にお酒を飲んだのは百閒であった。（「掻痒記」「ねぢり棒」「年の始めの」）

「新春放談／故郷を語る」

昭和四十一（一九六六）年一月、岡山の山陽新聞に掲載された、高橋義孝との対談。『新輯内田百閒全集』第二十二巻に収録されている。

『新方丈記』

昭和二十二（一九四七）年二月、新潮社から刊行。四六判箱なし百二十ページ、装釘・扉画富本憲吉、十五円。十三篇を収録。

人力車

人力車という乗り物が発明されたのは明治のはじめで、そのころの車体は地雷也や金時の蒔絵塗りであったが、そのうち黒漆塗りに統一された。車輪もはじめは鉄輪で、ゴムタイヤが使われるようになったのは、大正になってからである。

人力車には辻俥、宿俥、抱え俥の三種があった。辻俥は電車の終点などで客待ちをしており、宿俥は帳場に溜まっていて、抱え俥は自家用車だから、金持ちや医者などが持っていた。膝掛けの毛布が、辻俥のは粗末で、やめてもらいたいほど汚らしいのが多かったけれど、宿俥は概してきれいで、お抱えのは一番立派であった。

百閒の生家は岡山でも屈指のお金持ちだったから、父の久吉がお抱え同然にしていた大森の新さん（↓）という車夫が近所にいて、商業会議所の寄り合いなどで出かけるのには、いつも呼んでいた。

中学の、まだ家が没落していなかったころ、竹につれられて、萬富にある三谷の金剛様（↓）へたびたびお参りをした。最初のとき、萬富駅近くの車宿に一台だけある車を頼み、小さくなった百閒が祖母の膝の前に割り込んで、二人乗りでいった。

帝大に入った百閒が、はじめて上京した新橋の駅から、下谷七軒町の下宿へいくのにも人力車に乗ったが、このときは、まだ鉄輪であった。

帝大を出て陸軍士官学校のドイツ語教授になり、給料をもらうようになってからも、いつもお金に困っていたが、それでも学校への行き帰りにはよく人力車に乗った。海軍機関学校の教官を兼務して、毎週金曜日に横須賀へいくようになったころにも、汽車に乗る東京駅までの小一時間は人力車を使っている。朝の六時には小石川高田老松町の家を出るので、冬などはまだ真暗だから、細いろうそくを持ち込んで火を点け、その明かりで新聞を読んだ。飯田橋と九段下の間で外が明るくなったので、ろうそくを消した。横須賀に着くと学校の近くにある宿車が迎えにきていて、それで九時からの授業に間に合った。

法政大学の教授になったのは三十一歳の大正九（一九二〇）年であるが、家のすぐ近くの坂の途中に年寄りの車夫が客待ちをしていて、時々は乗った。そのうちに向こうでも顔を憶えてしまい、百閒に乗るつもりがなくても、じいさんの方では立ち上がって膝掛けの毛布をはたいたりするものだから、つい乗るようになり、しまいには毎日車で出かける破目になった。

戦争もまだそれほど切羽詰ってはいないころ、横浜—神戸間を周遊する鎌倉丸に試乗したのは、日本郵船の嘱託をしていたからであるが、吸いつけている煙草の「朝日」が切れてしまったため、それを買いにいくだけの用事で、岸壁から人力車に乗っている。

銀座四丁目にある地蔵横丁の三勝という店で、気持ちよく飲んでいるうちに雪になり、小石川の家まで人力車で帰った。車夫はあの雪の積もった中の帰り道をどうしただろうかと、あとになって書いているのは、これはずっと若かった関東大震災より前の話である。（「つはぶきの花」「轔轔の記」「ねぢり棒」

「乗物雑記」「上京」「竹杖記」「乗り遅れ」「三ノ宮の乞食」「我が酒歴」）

す

推敲

中学校のころ、漱石の文章に触れて、はじめて自分の言葉を文章に綴ることを知り、同時に感じることと考えることの順序方法を教わった、という百閒は、自分の文章を推敲するとき、漱石を自分の表現の標識としていると書いている。「常に漱石先生が私の中のどこかに在って指導し叱咤する」。

「旅順入城式」は名作と言われているが、のちにそのときのことを回顧して、骨を削る思いで推敲した、と書いている。推敲こそが百閒の文章を高からしめているのであろうが、その根本の所に、漱石がいるというのであろう。↓鏤骨（昭和十年版「漱石全集」推薦文「漱石全集は日本人の経典である」「たましひ抜けて」）

水晶仏

百閒が水晶の仏像を持っていたのは、夭折した長男久吉のためであったが、芥川の河童忌（↓）にも、これにお供えをしている。（『百鬼園戦後日記』）

「スヰート」

「スヰート」　昭和十四（一九三九）年、明治製菓宣伝部に入った戸板康二が編集していたPR誌。百閒はこの雑誌に食べ物のことを書いた小篇をかなり発表している。

随筆

随筆と小説はどう違うか。文章ということを第一の目じるしとしている百閒にとっては、随筆だ、小説だという区別にこだわりはなかったのではないか。たとえば、四百字詰め三枚半ほどの「葉蘭」という奇妙な風合いの小品があって、文中の多くの部分を、床下に飼っている狐（↓）の描写が占めている。しかしながら、この狐が実際には存在しないものだったのであるが、庭の葉蘭のことを描くのに狐がいた方がよいと考えてそうしたのであると、昭和十七（一九四二）年六月に慶應義塾大学で行った「作文管見」という講演の中で百閒自身が述べている。

文章とは無限に自由なものであると考えていたのではないか。（「寺田寅彦博士」「葉蘭」「作文管見」）

『随筆億劫帳』

昭和二十六（一九五一）年四月、河出書房から刊行。四六判

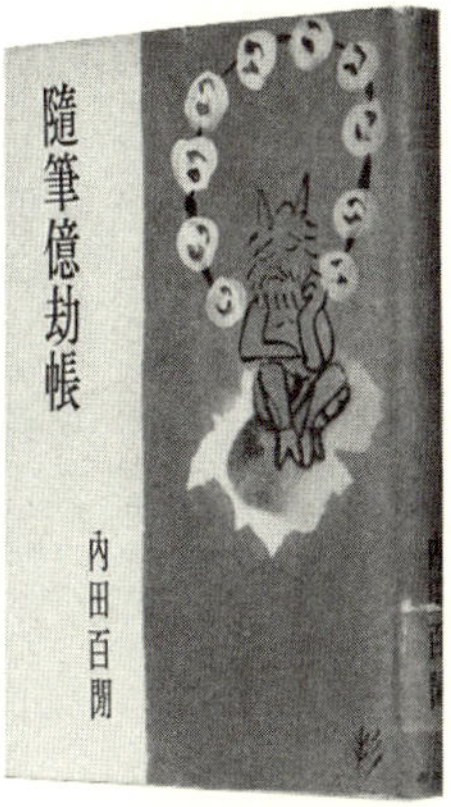

『随筆億劫帳』

二百八十ページ、二百四十円。装釘は杉本憲吉。三十四篇を収録し、巻末に「動詞の不變化語尾に就いて」（『鶴』付録）が入っている。

『随筆新雨』

昭和十二（一九三七）年十月、小山書店から刊行された。四六判四百ページ、箱入り、天金、濃灰色の布装で二円十銭であった。創作二篇を含む三十八篇を収録し、巻末に「百鬼園俳句帖拾遺ノ三」として二十二句が収められている。

随筆新輯『長い塀』

昭和二十二（一九四七）年十月、愛育社から刊行、四六判二百五十一ページ、七十円。四十六篇を収録。装釘は伊藤憲治。

睡眠

原稿を書くのにいつも夜更けまでかかる。そこではじめて、その日一回だけのお膳の前に座るから、眠るのは明け方からになり、昼過ぎ、ときには夕方まで眠っているのが常態である。昼間明るいうちは電話にも出ないし、人が訪ねてきても会わない。（平山三郎『百鬼園先生雑記帖』）

鈴木三重吉

明治十五（一八八二）年、広島生まれの小説家、児童文学者。第三高等学校から東京帝大英文学科へ進み、在学中に漱石に送った「千鳥」が漱石の推薦でホトトギスに掲載されて以来、漱石門下の一人となる。小説に行き詰まりを感じて児童文学を手がけるようになり、児童文芸誌「赤い鳥」を創刊した。同誌は足かけ十七年間続いて、多くの童話作家、童謡作家、作曲家、童画家を世に出した。

酒癖の悪いのは有名で、百閒もいじめられた一人であった。百閒が一どきにカツレツ八枚を食ったという「伝説」の作者でもある。（「四谷左門町」「失敬申候へ共」）

「沙書帳」

サンデー毎日に一回五枚、隔週連載の約束で書いたもので、『随筆億劫帳』に収録されている。

西班牙風邪

大正七（一九一八）年から翌年にかけて、世界的に流行したインフルエンザをスペイン風邪と言った。発生源はアメリカのデトロイトやサウスカロライナ州付近で、カナダの鴨のウイルスがイリノイ州の豚に感染したものと推定されている。情報がスペイン発だったためにスペイン風邪と呼ばれたが、感染者六億人、死者は四千万から五千万人に上った。（フリー百科事典「ウィキペディア」）

森田草平から、銀縁眼鏡は良くないから金縁にしなさいと、うるさく勧められ、士官学校の給料をもらった日に、烏森のガード近くにある眼鏡店で金縁をあつらえた。ところが、眼鏡店の店主が赤い顔をして荒い息をしていると思ったら、スペイン風邪を引いていて、案の定これに感染した。翌日から猛烈な熱が出て四十度を越し、家中の者に広がってしまった。誰も起きて世話をすることができないために、一日一円五十銭もかかる看護婦を、一ヵ月近くも雇って大変な出費で、借金をしなければ払えなかった。「サラサーテの盤」の中砂（益田）の妻が亡くなったのも、スペイン風邪であった。（『實説艸平記』「サラサーテの盤」)

ズボン

大正十二（一九二三）年九月一日に計画していた北海道旅行が、関東大震災でだめになって、翌年、今度は夏に実行した。麻の上着に白のチョッキ、買ったばかりの薄鼠のズボン、頭にはパナマ帽をかぶり、赤皮の編上靴にズックのカバンを下げるといういでたちで東北線に乗ったのに、函館港に降り立ったときには、浴衣の着流しで帯の代わりに皮のバンドを締めるという、どうにも締まらない格好になっていた。寝台車の上の段に体を押し込んだときに、ズボンの縫い目が裂けて離れたからである。神田の裏町で買ったというズボンは、六円五十銭と誰が聞いても本当にしないほど安かったのだが、縫ってなくて糊で貼りつけてあったらしい。

お陰で、お金はたくさん持っていながら、汚らしい宿屋でもいい顔をしなかった。小さな部屋へ案内されたうえ、一風呂浴びてと言われて湯殿に入ったら、湯気が立ちこめる中に二、三の白い塊りがあって、これが用事を済ませたあとの女中であった。若い彼女たちはなんのこだわりもない風であったが、お流ししましょうかと言って、お客様に構ってくれる者は一人もなかった。(「旅愁」「海峡の浪」「寝台車」)

相撲

頭をお罌粟（↓）にしていた幼いころ、父がひいきにしていた大阪相撲の大鳴門という関取に、抱かれて撮った写真があるが、父とは違って相撲は嫌いである。師の漱石が国技館へ見にいくというのも嫌であった。猟虎の襟巻きをした漱石を、髭を生やした高利貸のようだと書いている。

漱石山房の面会日に中央公論の滝田樗蔭がくると、漱石と二人で相撲の話ばかりするのでいらいらした。

近所に塩ノ山という関取が引っ越してきて、事前にごあいさつに伺ってよろしいかと聞いてきたので断った。大きな体の相撲取りがくれば、「家の中の諸品すべてがその本来の釣り合ひを失ひ、急須も薬缶もインキ壺も安定がなくなつてぐらつくだらう」というのが拒絶の理由である。塩ノ山という相撲取りはいないから、何樫さんなどの例にならって変名なのであろう。（「猟虎の襟巻き」「大鳴門関」）

せ

政治

百閒は生涯を通じて政治というものに無関心であった。若いころからその姿勢は貫かれていて、たとえば、一九一七年にロシアで革命があって社会主義政権が生まれ、日本や朝鮮へそれが波及しては米騒動や三・一独立運動が起きていた時代、第一次世界大戦に便乗した好況のあとで、日本はその反動が起きて経済に混乱をきたし、戦後恐慌の真っ只中にあったが、百閒はそうした状況にはまったく関心を払わず、むしろ、はっきりとそっぽを向いて、三十歳を越えたばかりの身が、もう人生に達観して世俗を一切棄てた者のような、見るべきものは見たという表情をつくろっていた。長い貧乏暮らしや高利貸しに攻め立てられているということが、まったく関わりのないことではなかったが、それよりも百閒の眼差しは、人間の内面の奥深い所にひたすら注がれていたのである。

太平洋戦争が日本にとって厳しい状況になったころの百閒は、陸軍報道班員を逃れたり、帝都という言葉を嫌い、情報局がニッポンと決めたというのが気に入らず、「ニッポンと言ってやらないことにした」とか、ゲートルを巻くように強制されると、ズボンの裾を縛っただけで白ばっくれたり、いろいろに反抗をしていたけれど、これは反骨のなせる業であって、政治とは関係のない次元のことであっただろう。

選挙の投票にさえもあまりいかなかったようであるが、社会民主主義右派の長老と言われた安部磯雄には、父久吉の旧恩に感じて投票したことがある。ほかには、鳩山一郎に投票したことがあるとも書いているけれど、それも誰だったかの紹介で鳩山本人が戸別訪問にきたからであった。（「一本七勺」「沙書帳」「たらちをの記」）

喘息

昭和二十一（一九四六）年五月十七日ころから、頻繁に喘息に悩まされていて、翌月の二十五日ころまで苦しんだらしい。ところが、ずい分と乱暴な患者で、五月二十三日には「昨夜は喘息大いによし。午の麥酒のおかげの様に思はれる」と日記に書いている。そうして、喘息煙草がなくなったせいかエフェドリンを手に入れたのはいいけれど、飲酒後に飲んだり、午後一錠、宵の発作に二錠、三十分おいて二錠、就寝前二錠、翌朝さらに二錠と、無茶苦茶な飲み方をした。そのうちに、ビールを飲むと楽になるのが、今年はどうも違うらしいと言い出し、「注意す可し」（六月六日の日記）となったりして、結局、六月二十五日までの間にエフェドリン二十錠入り三筒を飲みつくした。

エフェドリンは気管支を広げ、鼻粘膜の充血を抑えるなどの働きがあって、喘息の特効薬であるが、そのかわり毒性も強く、神経過敏、不眠、高血圧などの副作用がある。今日では副作用を軽減した改良品が風邪薬に配合されているが、ダイエット薬に入っていたり、ドーピングに使用されて物議をかもしている。

百閒の喘息は、子どものころからのもので、これに動悸、結滞、不整脈、年を取ってから出てきた蕁麻疹を加えたものが、持病のすべてであるらしい。

「寿命」の中で「持病の中では席次の古い、由緒ある病気」と喘息のことを書いているが、五歳か六歳のころ起こりはじめて、積み重ねた布団にもたれて苦しんだと記憶している。裏の田圃で二銭銅貨を落としたのを探しにいったら、提灯に灯をつける付け木の硫黄の煙が喉に入って、喘息を起こした。何十日も横になって寝られないような苦しみを味わったというのも、郷里にいたころである。

しかし、喘息は不思議な病気で、いわゆる四百四病の中で苦しいという点では第一位になるが、喘息そのもので死ぬことはほとんどないのだから、「病気のための病気、病気至上主義の病気と言うのだらう」とも書いている。

猫を飼っているために喘息になったとか、蕎麦の花粉を吸ったり、あるいは、橋を渡るとなるという人もあって、なにかしら発作を引き出すアレルゲンがあるのが喘息だが、小屋住いのころ、出版社から一どきにたくさんの印税をもらって、喘息で苦しんだ間中お金に不自由しなかったことがあり、お金がアレルゲンではないかと、とぼけたことも書いている。

やはりそのころ、二日続けて就寝前に夜中の散歩をしたところ、二晩とも巡査に怪しまれて、散歩はやめたけれど、そのために喘息が出て、何日も苦しんでいる。(「病閑録」「寿命」「巡査と喘息」『百鬼園戦後日記』)

銭湯

岡山にいたころは裕福な家だったから、離れの奥に湯殿があったけれど、上京してから、とりわけ、こひと暮らすようになってのちは、もっぱら銭湯に通った。昭和二十三(一九四八)年の五月に、いわゆる三畳御殿を建てたあと風呂場ができるまで、それは続いた。

風呂に入るのは嫌いではないが、なにかの都合で遠のくことがあると、一年に何度入浴したのか人に言えないようなことになる。それなのに、いったん風呂通いをはじめると、一週間も十日も欠かさずにいくことになり、つぎの日の同じ時刻になると落ち着いていられなくなったりする。

合羽坂のころ、近所は金持ちばかりで家に湯殿があるから、この町には銭湯というものがない。坂を下りて隣町までいかないと風呂に入れないので、つい億劫になって一日延ばしにする。

五番町へ引っ越してからは近所の銭湯がどろどろした湯なので気に入らず、四谷まで足を延ばして新しい大きな銭湯へいくことにした。毎日のような行き帰りに、見附の石垣の陰や双葉女学校の前に、紙くず拾いを生業とする二家族がいつも車を止めていた。一方は夫婦者で、片方は夫婦に幼い姉弟の四人暮らしだということも判ってくると、顔馴染みのように思われてきた。

その銭湯には片隅に木の桶でできた人参湯があった。百閒が入ってみるとすでに先客が一人いて、五十歳ぐらいの首から肩にかけてぶつぶつの出ている親父であった。その客が先に出て、百閒も上がって服を着ていたら、親父は石垣の陰に車を止めている紙くず拾いの主であった。土手の下で顔を合わせたら、会釈ぐらいはしなければいけないだろうかと考えた。(「浮世風呂」「竹梯庵の記」『百鬼園戰後日記』)

『戰中日記』

昭和十八(一九四三)年一月から翌年十月までの「手帖日記」で、全文カタカナ、ペン書きで句読点なし。このあとの十一月一日からが『東京焼盡』へつながっていく。『新輯内田百閒全集』十八巻に収録されている。

戦後の酒の値段

百閒は戦後の酒の値段を、詳しく日記に記録していた。以下はその一部。

昭和二十（一九四五）年九月一日　白鶴一升二百八十七円五十銭。九月十四日　麦酒二ダース五百円。十月二日　ビール瓶一本に入った武道酒十五円（不味名状すべからず、とある）。十二月五日　お酒一升三百二十円。二十一年一月八日　清酒一升二百五十円。一月九日　新潮社の佐藤俊夫専務と、原稿一枚につき酒一合の原稿料を談判。一月二十六日　一級酒二百五十円。二月十二日　酒一升二百七十円（お礼二十円を含む）。二月二十一日　麦酒五本百九十二円五十銭（一本三十五円で交換所の手数料一割）。二月二十八日　お酒一升三百五十円。三月一日　同三百三十円。三月二十日　お酒五合七十円。三月二十三日　麦酒三本百円。三月二十五日　同四本百二十円。三月二十九日　同二本六十円。三月三十一日　同一本三十八円（手数料込み）。四月一日　同五本百五十円。四月九日　お酒一升二百円（以下略）。手に入らない日には「手に汗がにじむ」と書かれている。お礼や手数料がかかるのは正規のルートではないからである。（『百鬼園戰後日記』）

全學連

「日本男兒一たび思ひ立つたら、たとへ火の中水の中、佐世保橋も平瀬川もあつたものではない。きたへに鍛へし角太ン棒、進めや決死の全學連、突貫一聲機動隊を、突け突け。突き崩せや。ひらめかせ赤旗を。振るひかざせや角太ン棒、後へは退かぬ、勇ましいな、全學連」と書いたのは「日本男兒全學連」という晩年の文である。アメリカ憎しの故だったようであるが、もともと政治には無関心だから、百閒の中では全学連も幕末の彰義隊も、会津の白虎隊も一緒くたになっていたようである。→アメリカ（『残務三昧』）

そ

象牙の箸

百閒が早稲田ホテルにこもっていたある日、たびたび出入していたこひが象牙の箸を二組持ってきて百閒に預けた。その日にどういう意味があるのかは判らなかったけれど、百閒はそのまま受け取り、合羽坂でこひと暮らすようになってからは、毎日その箸を使った。空襲で家を焼かれた日に、その箸もほかの諸々のものと一緒に焼失した。（『東京焼盡』）→夫婦箸

漱石

夏目漱石。本名は金之助と言って慶応三（一八六七）年一月、江戸・牛込馬場下の名主夏目小兵衛直克の五男に生まれた。二度ばかり養子に出されたが生家にもどり、大学予備門、帝国大学英文科に入学した。卒業後に東京高等師範、松山中学、第五高等学校教授を経て、イギリスに留学し、帰国後に一高教授となった。

百閒が『吾輩ハ猫デアル』を読んで、夏目漱石に傾倒していくようになるのは県立中学のころからである。岡山市中之町の森博文堂から上巻を買い、下巻の掲載された「ホトトギス」も東京から取り寄せて夢中で読みふけった。

東京帝大に入った翌年の明治四十四（一九一一）年二月二十二日には、麹町区内幸町胃腸病院に、入院中の夏目漱石を訪ねた。すでに高等学校のころに自作を送って懇篤な批評や手紙をもらっていたけれど、お目にかかるのははじめてである。

木曜日と決まっていた漱石山房の面会日に、百閒が出るようになったのは、そのあとの四月ころからである。小宮豊隆、鈴木三重吉、野上豊一郎、森田草平、津田青楓など気鋭の人々の知遇を得て、若いから一格後輩の扱いではあったが、のちのちまで諸氏との親交は続いた。

その年の夏、暑中休暇中に岡山へ帰っていたら、漱石が明石へ講演にくると聞いたので聴きにいった。「道楽と職業」というテーマであったが、聴衆に合わせて話の調子を下げているように思われ、百閒には不満であった。

大正元（一九一二）年九月、中学時代の友人堀野寛の妹清子と結婚した百閒に、漱石はマジョリカのペン皿と七宝焼きの一輪挿しをお祝いとしてくれた。

漱石が百閒の家へきたのには驚いた。二階に上がって書斎に座り込んだ漱石が、どっちを向いて見てもそこに自分の絵や書が掛かっていて、どれも出来映えがいいとは言えない。百閒の書斎には先生の下手な書や絵がいっぱいありますよ——と誰かに言われ、気になっていたらしい。漱石はそのまま帰っていったけれど、二、三日すると手紙がきて、まずいものばかりを掛けておかれると気持ちが悪いから、自分の所へ持ってきて破かせろ、代わりには新しいものを書いてやるとあった。つぎの面会日に持っていって破かせ、代わりに書いてもらったのを持ち帰った。今度はいい出来のものばかりである。

帝大を出たというのに、大勢の家族を抱えて職もなく、いよいよ暮らしが詰まって二進も三進もいかなくなった。一人で煩悶を繰り返した揚げ句、漱石先生にお願いをしてお金を貸していただくほかにはないと考えついた。叱られるだろうか思いながら、重い足取りで早稲田南町へいったところ、漱石は湯河原の天野屋へ湯治にいって留守であった。いったん家に帰って小銭までありったけをかき集めて汽車に乗った。天野屋に着いて、漱石に取りついでくれた宿の者がもどってきて、どうぞお通り下さいと言ったときには、思わず涙がこぼれそうにうれしかった。恐る恐る来意を告げると、漱石は叱りもせずに、いいよ、と軽く言った。二百五十円という大変なお金を貸してもらえることになり、そのうえ湯に入って、宿の女性のお酌でビールを飲み、広い部屋にのびのびと寝た。

漱石にはこのときばかりでなく、質屋に置いたものが流れるのにあわてて相談して、利子を払ってもらったり、印税のうちからお小遣いをいただいたりした。何度も助けてくれたのは、百閒ほどではないにしても、漱石にも貧乏だった時代があったからなのだろう。

漱石の胃の病がだんだんに悪くなって、床についたまま日を過ごすようになると、大正五（一九一六）年十二月に入ってからは、門下の者で日割りをきめて漱石の家に宿直をしたが、八日は百閒の当番であった。その夜のうちに漱石の病状は変わって、医者にも手の届かない所までいったらしかった。夜が明けると門下の者がほとんど集まっていたが、夕暮れにならないうちに頬のこけて白い顔になった漱石の唇を、羽筆の水で濡らすようなことになってしまった。

その夜も家に帰らなかったが、翌十日は陸軍士官学校の新入生入校式である。家からフロックコートなど一式の礼装を寄り寄せ、漱石の遺体が大学病院での解剖のため門を出ていく騒ぎをあとに、士官学校へ出かけた。式は中庭で行われたが、なにを見てもみんな黄色く見えるし、号令や訓示の声も低いうなりのようにしか聞こえなかった。（「古里を思ふ」「漱石先生臨終記」「明石の漱石先生」「漱石遺毛その後」「前掛けと漱石先生」「机」「漱石先生の来訪」「つはぶきの花」）

『漱石雑記帳』

昭和二十四（一九四九）年二月、湖山社から刊行、四六判百二十三ページ、百円。装釘は近藤浩一郎。十八篇を収録。

『漱石先生雑記帳』

昭和六十（一九八五）年一月、河出書房新社から刊行、文庫版二百四十ページ、四八〇円。装釘は粟津清。四十篇を収録。

『漱石山房の記』

昭和十六（一九四一）年二月、秩父書房から刊行、四六判箱入り二百二十八ページ、一円八十銭。装釘は磯辺草丘。二十四篇を収録。

桑原会

昭和十二（一九三七）年に、同好の士を集めて琴三味線の会をつくったのが桑原会で、七月二日、宮城教場を借りて第一回の演奏会を開いた。はじめ霹靂《へきれき》倶楽部などの案もあったけれど、結局のところ桑原会に落ち着いた。「そうげんかい」と読むのではあるが、くわばらの意味を含ませてのことで、また「箏絃」に通ずる洒落でもあった。

『新輯内田百閒全集』（福武書店）の第六巻末尾にある平山三郎の解説によれば、その日の番組と出演者はつぎのようであった。

黒髪　唄・渥美清太郎　三絃・米川正夫　一節切・藤田鈴朗
唐砧（宮城道雄作）箏平調子・内田百間　箏雲井調子・葛原滋
古曲　すり鉢　れん木　三絃・渥美清太郎　米川正夫
亂輪舌（八橋検校作）箏・葛原滋　尺八・藤田鈴朗
殘月・手事（峯崎勾当作）箏平調子・米川正夫　半雲井・内田百間
六段の調（八橋検校作）箏・葛原滋　内田百間　米川正夫　三絃・渥美清太郎　尺八・藤田鈴朗

同じ年の十二月十二日十二時から、第二回を開催する予定になっていたけれど、演練が間に合わず延期になって、十九日に行われた。第三回は翌年の十二月十二日であったが、琴ばかり弾いていたので本業が間に合わず、新年号の締め切りを飛ばしてしまう。そうして、つぎの年は桑原会の前に鉄道ホテルにこもって原稿を書き上げ、演奏会が終わったその足で、こひが先に引っ越しをすませていた、麹町三番町の新居に移った。

やがて、きな臭くなるばかりのご時世は、琴の演奏会などと言っておられない窮屈なことになってきて、戦後復活の第一回は昭和二十五（一九五〇）年二月五日、目白の徳川講堂で催された。↓琴（口述筆記「桑原会自讃」「やり直し」「谷崎潤一郎氏の『雪』に因みて」「落ち葉の踊」「師走の琴」）

蕎麦

いまもそうであるが、百閒がいたころの岡山には蕎麦屋がなかった。うどん屋へいけば食わせてもらえるという話である。また、岡山のほうの蕎麦は関東のように風味がなく、昔は貧しい人が食うものとされていたようである。

志保屋の若様が店でものを食うなどはしたないと言われていたから、東京帝大の学生になってからも、まだ蕎麦の食い方を知らなかった。郷里の六高時代の師が大久保に移っていたのを、友人と訪ねていったとき、そこで出されたのがざる蕎麦であった。百閒は丸い塗りの器の蓋を取ると、徳利に入ったおつゆを蕎麦の上からかけてしまった。そうして、やっと食い終わったと思って息をついていると、もう一段下にも器があり、目を白黒させながらそれを片づけた。

そんな百閒も、年を取ってからの一時期、昼飯は蕎麦と決めていて、秋彼岸から春の彼岸まではかけ一つ、春から秋までの間は盛り一枚半を、近所の蕎麦屋から届けさせていた。それも時間をうるさく言って正午きっちりを厳守させ、十分以上遅れると腹を立てた。

六高の後輩で東京帝大の哲学教授出隆が、正月に百閒居を訪れたときも、ちょうど昼を食おうとしているところであった。台所が大騒ぎをして天婦羅蕎麦とざるを取ったところ、出博士は天婦羅の方だけを食い、もう食えないと言って、喉を鳴らして聞かせた。(「心明堂」「亂れ輪舌FOT」「百鬼園日暦」「菊世界」「支那瓦」)

曽根

いろんな文章に曽根という名で登場するのは、六高時代からの友人益田国基のことである。「卒業前後」では須田となっているが、この徳島出身の牧師の息子は、合理主義者であって神を信じていないと思われる節がある。芸者を呼ぶのが好きで、帝大時代にも蕎麦屋の二階へ呼んだりしたが、そういう女性と「お行儀の悪いこと」をして、面倒な病気をもらい、卒業を前にした師との会食を欠席した。

しかし、成績は優秀でドイツ文学科を一番で出た彼は、仙台の第二高等学校へ高等官で赴任し、夏休みに訪ねていった百閒と石巻へ清遊する。「サラサーテの盤」では、その地で会った美しい芸妓を好きになるのは、のちに後妻に迎える中砂（益田）のことになっているけれど、現実には百閒が一目ぼれをしたのであり、彼女にもらった日光写真を焼き付けているのを清子に見つかり、物議をかもす。

その後、益田は慶応大学に迎えられ二高を辞めて上京し、仙台からつれてきた恋女房と千駄ヶ谷に新居を構えた。そのころ猛威を振るったスペイン風邪で妻を失ってのち、乳母との間に面倒なことになったりもする。（「卒業前後」「曾遊」「おかる」「偶像破壊」「サラサーテの盤」『百鬼園日記帖』『續百鬼園日記帖』「土手」）

た

高橋義孝

東京・神田生まれのドイツ文学者、評論家、随筆家。東京帝大独文科を卒業、ドイツへ留学した。帰国後、府立高等学校、陸軍砲工学校でドイツ語を教える。九州大学教授、名古屋大学教授を歴任し、文芸評論『森鴎外』で第六回読売文学賞を受賞。百閒を師と仰ぎ、下谷のかぎ屋へ同道した。八つの橋を渡ってタクシーで帰宅する「八ツ橋」に登場するのが高橋である。

沢庵

百閒の生家の造り酒屋には、いつも裏門から入ってきては、手拭を縫い合わせた袋の中に、ご飯の残りと沢庵の切れ端を入れてもらって、「おありがとう様でございました」と帰っていく、お梅という子づれの女がいた。

東京に出てからの暮らしが長く、鮮やかな色をして光沢があり、味もあまい沢庵ばかりを食うようになったから、お梅がもらっていったような沢庵にあこがれるようになった。

そんなころ京都にいったら、友人が菓子箱のような包みにして沢庵を持ってきた。辛いばかりでなんの味もない奥のほうに、なんとも言えない味わいがあった。それが「伊勢こうこ」というもので、すっかり病みつきになり、伊勢の国の素封家の息子田中力が、郷里から取り寄せて持ってきてくれるので、食膳に絶やすことがないようになった。

ここでは田中力になっているけれど、「散らかす」という文では、沢庵は出てこないが註があって、伊勢の素封家の息子というのは平野力であると記されている。平野はあちこちの文中にも出てくる百閒の昔の学生だから、伊勢こうこのスポンサーは田中ではなくて平野が正しいのだろうと思うけれど、実はそうではない。「豚小屋の法政大学」という座談会の中に、百閒の「田中といふのはいまの平野だろ」という発言があるから、婿にいくかなにかの事情があって、田中が平野になったようである。

百閒の祖母の竹という人は、とても信心深く、神棚にお灯明を上げ、観音様のお十夜には欠かさず通い、「南無大師遍照金剛」と、お大師様を心に念じていとまがなかった。百閒が中学上年級のころ、たちの悪い風邪が大流行していたから、竹は桟俵の上に沢庵の尻尾を乗せると、百閒と峰に一口ずつかじらせ、自分もかじって息を吹きかけ、おまじないを唱えた。そうして、それを川の流れに浮かべて流してしまえば、風邪を引かないのだと言って、百閒を夜の川原へいかせた。きっと、この沢庵も、「黄色が黒ずんで、その上に皺があつて、皺の中がよごれてゐて、全く貧乏人や乞食の食ふ物」だったのだろう。(「沢庵」「風の神」「裏川」)

竹

　百閒を猫可愛がりにした祖母の竹は、大正九（一九二〇）年十月十五日に、東京小石川区高田老松町の家で亡くなっている。そのときちょうど八十歳だったから、逆算すると天保十一（一八四〇）年に生まれたことになる。ほかの文には八十四歳となっているのもあるけれど、これでは、安政の地震のときには、もう嫁にきていたことになって話が合わないから、八十歳が正しい。

　竹の生まれた平井は、旭川下流の河口に近い左岸にある、中世に開拓された干拓村で、旧村の元平井は旭川の土手の上にあって、北寄りの五軒屋という集落からやがて南へ広がり、備前国上道郡平井村大字平井と言った。竹のころも平井は半農半漁の村で、旭川下流を漁場とする白魚や蜆を、城下の町へ出荷していた。竹は竹の皮のように肌の色は少し黒かったけれど、近隣に知られた美女で、評判を聞いた造り酒屋志保屋の築造が見にきて、是非にと嫁に望んだ。田舎だから麦飯ばかりで、うんざりしていた竹は、城下なら白いご飯が毎日食べられるに違いないと、二つ返事で縁談を受けた。

　安政二（一八五五）年の大地震には、竹は十五歳だったはずで、ちょうど志保屋へ嫁ぐ前年に当たったけれど、船で海の上に出て揺れの静まるのを待ったという話を、幼いころの百閒に何度も聞かせた。

　安政の地震は安政二年十月二日のことで、江戸川下流を震源とする大地震が江戸を襲い、圧死、焼死七千人以上を数えた。前年の十一月四日には、遠州灘を震源とする東海道地震があって六百人が死に、その翌日には土佐沖が震源の南海道地震で、三千人の死者を出した一連の地震があった。だから竹の話は、百閒が書いているように、江戸の地震で岡山も揺れたというのではなく、土佐沖地震のことなのだろう。(「横町の葬式」「たらちをの記」「墓木拱ならず」「白魚漫記」「目出度目出度の」「麗らかや」)

太宰治

東京大空襲で焼け出された出隆(↓)は、長いこと大学の研究室に寝泊りする生活から這い出して、阿佐ヶ谷駅の近くに新居を建てた。出の息子は太宰治の弟子であったので、彼を中にして新居で太宰と一献酌み交わそうと百閒が提案した。しかし、それからほどなく太宰が自殺したために、その酒宴は実現しなかった。(「酒徒太宰治君に手向く」『百鬼園戰後日記』)

多田基

北村猛徳(↓)平山三郎(↓)と並んで摩阿陀会の幹事を務めた。法政大学教授、大月短期大学学長、実践女子学園理事長などを歴任。百閒が芸術院会員に内定したとき、高橋誠一郎院長に会って、辞退を伝える使者となった。

辰野隆

名前は「ゆたか」と読む。フランス文学者、東京帝国大学教授。帝国大学法科大学の仏法科を卒業後に、文学を志して仏文科に再入学した。卒業後は大学院に進んで講師、助教授となり、二年間のフランス留学から帰国して教授となった。以来、戦後の昭和二十三(一九四八)年に退官するまで、フランス文学の主任教授として多くの後進を育てた。日本芸術院会員、文化功労者。百閒を日本郵船の嘱託に紹介し、親交が続いていた。文章家としても知られ、評論・随想や翻訳も数多くある。どういう文章が良い文かと聞かれて、判る文章でさあ——と答えたという。

たになかやすのり。奈良県生まれ、自刻自刷りの版画家。鬼才と言われながらも生前はたいした評価を与えられず、作品が陽の当る所へ出たのは死後になってからであった。今日は、東京藝術大学美術館にも作品が収蔵されている。

谷中安規

谷中とは佐藤春夫の紹介で知り合っていた。居候をしていた家の板という板を彫ってしまうから、ついに追い出されたということである。昭和九（一九三四）年に楽浪書院から出た百閒の童話集『王様の背中』は、谷中が挿絵を担当することになっていたが、でき上がってみると谷中安規版画集のような趣であった。翌々年の十一月にはじまった「時事新報」の新聞小説「居候匆匆」の連載も谷中が挿絵を担当したが、同社が解散したために三十六回で未完になり、その翌年、小山書店から単行本として刊行された。昭和十九（一九四四）年の『戻り道』のときも、表紙と本文の駒絵を谷中の版画が飾っていた。格好をかまわない人なので、郵船の部屋を訪ねてきたときには、守衛が怪しんで、しばらくの間そばから離れなかった。

昭和二十一（一九四六）年の九月九日朝、瀧野川区中里五九の南瓜畑に囲まれたバラックで、谷中が餓死しているのが発見された。干からびたようになっており、町内の人々の手で葬られた。谷中が最後に百閒の小屋を訪ねてきたのは、二月末のことであったが、あちこちが破れて肌の見える服を着て、中里から裸足で歩いてきたと言った。先生さんお元気ですか、と言って、垢で黒光りする顔でわっはっはっと笑っていたが、実は虚勢を張っているのであった。そのときも、その後も平山三郎に託したりして、いくばくかのお金を渡していたが、コーヒーに目のない谷中は、動坂辺りの闇市でサッカリンかズルチン入りのを手に入れては、有り金をはたいてしまうらしかった。主食にしている南瓜のことを「おかぼちゃ様」と言い、近況を聞かれると、二人のロシア娘が世話をしてくれますと言って澄ましていた。ロシア娘の名は、ドーニカとコーニカという話で、どこまでとぼけているのか判らなかった。身はぼろに包んでいても、魂は常に高貴なものにくるまれているように思われた。（「風船画伯」「夢獅山散章」「四霊會」「ハレー彗星あと二十年」、平山三郎『詩琴酒の人』）

煙草

幼少時、おけし頭のころから百閒は煙草を吸っていた。長い煙管をくわえて煙を吐くのを、母の峰や祖母の竹は可愛いと言っていたようである。むろん、未成年者禁煙令の出るよりもずっと前の話である。はじめは刻みであったが、のちに紙巻煙草になって、サンライス、ヒーロー、ピンヘット、オハイオ、ランク、ホークなどがあったという。→お罌粟（「実益アリ」）

ち

茶室

↓禁客寺

忠臣蔵

赤穂義士が嫌いで、忠臣蔵の芝居も見たことがなかった。中学生のころから復讐ということに嫌悪を抱き、頭の底にしこりのようになっていた。そのためではあったが、なぜ赤穂義士を嫌ったのか、なんの影響なのかは自分でも判らなかった。(「たましひ抜けて」)

町会

小石川雑司ヶ谷町百番地に引っ越したのは、大正十二(一九二三)年三十四歳のときで、陸軍砲工学校、海軍機関学校のほかに法政大学の教授でもあった。新居は盲学校の塀の前にあったが、もとは中国からの留学生用の寄宿舎だったから広く、それだけに家賃も高くて七十円もした。二階の十二畳間を独占して、広々と書斎に使った。

引っ越して間もなく町会から人がきて、会費が一口五銭だというから一口入会を申し込んだら、こんな大きな構えで一口では町会内の釣り合いが取れない、もっと入ってくれと言う。口の利き方に腹が立ったので、つい百口入ると口走ったところが、それではかえって困る、副会長だって百口だということになり、結局は曖昧な形に終わってしまった。

のちに、三年余を過ごした早稲田ホテルを出てからは市ヶ谷仲之町に移り、こひと一緒に住むようになったが、この辺りはお屋敷町で金持ちばかり、町内にお祭りがあっても、若者は若殿様や若旦那ばかりで神輿のかつぎ手がなく、坂下の豆腐屋や魚屋から、いつもはご用聞きにきている若い衆がやってきて代わりにかついだ。そんな風だから、たまに町会から連絡があると、小学校がピアノを欲しがっている、町会からすでに寄付して代金も支払済みであるから、ご承知おき下さいということであって、寄付を取りにくるようなことはなかった。(「年頭の債鬼」「秋宵世相談義」「ワレ関知セズ」)

徴兵検査

明治六(一八七三)年一月から、太平洋戦争で無条件降伏する昭和二十(一九四五)年八月まで、日本には強制兵役制度があって、生き血をもって国に報ずるところから血税と言われた。今日も高い税金を取られることを血税と表現する人があるけれど、明らかに間違いで、日本語にことのほかやかましい百閒は、それをあちこちで指摘している。

徴兵令が制定されたばかりのころには、いろんな免役規定や代人制があったり、反対する農民一揆も起きたために、国民皆兵の原則が確立されたのは、奇しくも百閒誕生の明治二十二(一八八九)年になってからである。

百閒が適齢に達したときは官立学校に在学中だったため、願い出て徴兵猶予の特典を受けた。こうした場合は学校を出てから検査を受けなければならないが、百閒が東京帝大を出たのは大正三(一九一四)年、すでに二十五歳で結婚して子どもが二人までいた。祖母の竹が神棚にお灯明を上げて、合格しないように祈ったせいかどうか、結果は不合格であった。

ここにある学生への徴兵猶予は、昭和十八（一九四三）年十月、東条内閣によって停止され、法文系学生の大半が入隊した。同時に学生の強制労働化も進み、軍需工場の労働力として配置されて学業は荒廃した。前々年の暮れからはじまった太平洋戦争で、日本の敗色は濃く、学徒出陣の年にはガダルカナル島敗退、アッツ島守備隊全滅に見るとおり、敗戦の暗闇へ転がり落ちるばかりになっていたのである。

（「花のない祝宴」）

つ

机

志保屋では二階に机を置いていた。母屋の階段を上がった突き当りの、ちょうど表の通りに面した窓の白い格子の内側に、そのころ流行っていた洋卓とあるから、つまりテーブルを置き、椅子を据えて勉強していた。東京帝大の学生になってからは、下宿の自室に分厚い布をかけた座り机を置いていたが、それは、新潮日本文学アルバムの四十二巻『内田百閒』に掲載されている写真からも知ることができる。

やがて、早稲田南町の夏目漱石の許に出入りするようになって、漱石が『吾輩ハ猫デアル』を執筆した机が、いま使っている黒檀の机とは別に窓際に置かれているのを見て、ほしくなった。自分で寸法を測って、寸分違わぬものを職人に作らせて自宅の書斎に置くことにした。何年かのちに高さは同じだが洗濯板ぐらいの小机を作らせ、夏の暑い日などは風通しのいい所に持ち出して仕事をするのに重宝した。この二つの机とは、ずい分長いこと親しんだようで、引っ越しの多かったのに較べると、使った机の数は少ない。

空襲で五番町の家を焼け出されたあと、伯爵家の塀際の小屋暮らしからやっと這い出し、三畳間ばかり三つ並べて建てた三畳御殿に入った。一週間ほどかけて新居のかたづけをすませたが、机がまだできてこない。家を建てた安藤組に大・中二つの机と字引台を頼んでおいたのが、五月二十五日の約束を過ぎていた。

やっと机が届いて、「サンデー毎日」との約束を「沙書帳」という隔週連載で書きはじめ、この机で書いた二作目の小説が、名作と言われるようになる「サラサーテの盤」である。百閒の死後、大きい方の机が平山三郎への形見として贈られた。(「上京」「机」『百鬼園戰後日記』)

津田青楓

京都市中京区生まれの画家、書家、随筆家。京都市立染織学校で日本画を学び、関西美術院で洋画を学んだ。農商務省の海外実習生としてパリに留学、アールヌーボーの影響を受けて帰国し、「インクラインの五月」が文展で特選となった。のちに河上肇の影響でプロレタリア運動に加わり、小林多喜二の虐殺を主題にした「犠牲者」の製作中に検挙されて転向した。漱石に油絵を教えたのが津田で、漱石や森田草平の装釘も手がけている。

津田が京都へ転出したあとの借家を、百閒が借り受けている。

『つはぶきの花』

昭和三十六（一九六一）年二月、筑摩書房から刊行。四六判二百四十ページ、箱入り、三百八十円。装画内田克己。「つはぶきの花」十四篇のほかに十四篇収録。

『鶴』

昭和十（一九三五）年二月、三笠書房から刊行された四冊目の文集で、背皮天金、白羽二重装と、このころは豪華な装釘の本が続いて出ている。三十四篇と、「郷夢散録」の十九篇、それに「動詞の不變化語尾に就いて」が収められている。百閒は『鶴』について「自分の歩いている道の方角が大分はっきりしてきた」と、佐藤春夫への反論に書いている。

鶴

生家の近くにある御後園（後楽園）には鶴がいて、百閒の幼少時、朝はその鳴き声で目をさました。丹頂の鶴で七羽はいたらしい。人の目玉が好きだから気をつけなければいけないと言われていたから、追いかけられていると思って転んだこともあった。(「古里を思ふ」「鶴亀」「鶴」「鶴の二声」「鶴の舞」)

『鶴』

て

帝国大学

郷里で第六高等学校を卒業した百閒が、東京帝国大学へ入学したのは明治四十三(一九一〇)年の秋、二十一歳のときであった。このころは尋常小学校が四年、高等小学校が四年あって、高等小学校の二年を終えて中学校へ進むこともできたけれど、百閒の場合は三年を終えてからである。中学校は五年であったが、県下に一校しかなかったのは、全国どこも同じような割合であった。成績優秀なばかりでなく、家計が裕福な者でなければ中学へは進めなかったし、家業が商店や農業、職人である場合は、優秀であっても別の進路を余儀なくされるのが普通の時代であった。

中学校の上の高等学校はなおさらのことで、年限は三年だったが、日本中に八校しかなかったから、そこへ進む者は、最高学府で学ぶ展望と経済力のある者に限られていた。

東京帝大は明治十（一八七七）年に、東京開成学校と東京医学校を合わせて開かれた四年生の官立大学である東京大学が、明治十九（一八八六）年の帝国大学令に基づいて改組されたもので、法・医・工・文・理の各分科大学と大学院を総合して、はじめは帝国大学とのみ言った。東京帝国大学と改称されたのは明治三十一（一八九八）年に京都帝国大学が新設されて以後のことである。

百閒が入学したころは農科大学も加えて六つの単科大学があったから、正確に言うならば、東京帝国大学文科大学に入ったのである。三年の年限だったけれど、入学早々に強烈なホームシックにかかった百閒は、風邪をひいたのを口実にして帰郷してしまったから、一年はほとんどが未修了で、四年をかけて卒業したときには二十五歳であった。けれども、そのために芥川龍之介と出会い、漱石山房で一緒だったこともあって親交を結ぶことになったのである。

帝国大学は、国家の中枢を担う学術研究と人材養成を目的とし、高級官僚、技術者や経済界の指導者の供給源としての役割を果たしていた。その点、今日の東京大学も大筋では変わっていない。（「上京」『百鬼園日記帳』「竹杖記」）

『凸凹道』

昭和十（一九三五）年十月、三笠書房から刊行された五冊目の文集である。限定五百部で背皮天金番号入りの特装本と普通版があった。四十篇の短編と「雑俎」八篇からなる。

電灯

百閒が岡山の古京町で生まれたころ、まだ電灯はなかった。大体がランプで生活していたが、行灯もまだ使われていた。中学生のころにはランプばかりの生活になり、造り酒屋志保屋の二階の、白壁の内側の小さな障子の下に、当時はやりの腰掛けの洋卓と椅子を置き、石油ランプをかかげて宿題をした。第六高等学校から東京帝国大学文科大学へ進んで、三軒目の下宿である弥生町一番地の青ペンキ塗りの西洋館のころも、はじめはまだランプであった。

明治四十四（一九一一）年の春ころのこと、電灯が普及してきたので、うちでも取ろうではないか下宿中で相談になり、一灯につき一円ずつの架設料を出して銘々の部屋に電灯を引いた。しかし、「向ヶ丘彌生町一番地」では、一人当たりの負担額が、二円だったか二円五十銭であった、と曖昧である。そうなってからも、真っ暗にすると息がつまって、どっちを向いて呼吸していいか判らず眠れないという百閒は、帝大前の森川町の雑貨屋から買ってきた、有明行灯を点して寝ていた。（「向ヶ丘彌生町一番地」「上京」「鯉の顔」）

『凸凹道』

天然自笑軒

東京田端の芥川龍之介の家の近くにあった懐石料理店を、天然自笑軒と言った。経営者の趣味に徹して部屋も器も凝りに凝っていたようで、料理はちょぼちょぼで量が少なく、ほどよくお上品だったらしい。予約の客しか上げなかったが、当代一流の人士がひいきにした。

百閒が野上豊一郎に呼ばれてご馳走になったころは、砂便所というものがあった。庭の隅に小屋があって、きれいな砂が敷いてあるだけの小便所だが、音もしなければ跳ね返りもせず、大変に具合のいいものだったという。

芥川が亡くなってからは、年々の七月二十四日に、ここで河童忌を催した。戦争の気配が濃くなり、統制が厳しくなるまで続いたが、料理屋もやっていけなくなって、やがて廃業した。↓河童忌（『鬼園漫筆』）

澱粉米

太平洋戦争末期、食べるものもなくなり、いろんなものをもらったが、明治製糖の中川蕃からもらったものに澱粉米というものがあった。葛湯のようにして食べたが、こんなものでも少しは腹の足しになった。（『東京焼盡』）

と

『東海道刈谷驛』

昭和三十五（一九六〇）年二月、新潮社から刊行。四六判二百三十ページ、箱入り、三百五十円。装釘は川上澄生の版画。二十一篇を収録している。

『東海道刈谷驛』

ドイツ語

第六高等学校で百閒がドイツ語を選択したのには、英語教師のガントレットに対して、小学校のころ追い掛け回した旧悪が、頭の隅っこに残っていたということもあったらしい。

はじめのうちアー、ベー、チェーを教わったのは日本人教師であったが、すぐあとから高等学校を終えるまでは、ドイツ人のオットー・ヘルフリッチュに手ほどきを受けた。ヘルフリッチュは、でっぷりと太った体格で鼻下に髭を生やし、「独逸国の深山幽谷で生け捕つたる独逸人という感じであつた」という。このヘルフリッチュが、百閒のドイツ語の通じた一人目である。

百閒が上京して東京帝国大学文科大学に入り、文学科独逸文学を専攻したのは、二十一歳の明治四十三（一九一〇）年秋であった。東京帝大でのドイツ語の師はカール・フローレンツ博士であった。その偉い先生を教室で待っているのは五、六人で、もっと少ないこともあった。フローレンツは、時々、学生たちに宿題を出して調べてこさせることがあり、どうやら、自分の日本文学研究のために、学生たちのレポートを役立てようという企みを持っていたらしかった。

東京帝大を出て就職もなく、生家が店仕舞いしたあとの蓄財もなくなりかけているという、息苦しい遊食生活を過ごして、陸軍士官学校ドイツ語教官に任官し、月給四十円をもらうようになったのは、二十七歳の大正五（一九一六）年であった。

はじめのしばらくの間、士官学校にはドイツ語の外人教師はいなかった。そこへ新しくやってきたのがカール・グセルで、彼が百閒にとっての三人目のドイツ人である。ドイツ語の教官として、ドイツ人がやってくれば、当然のことにドイツ語で話さなければならないのだろうに、百閒にはまったく自信がない。先任の同僚がドイツ語で紹介してくれたが、日本にきてからすでに十数年を経ていたグセルには、日本語でも充分に通じたということを、のちになって知った。

そのうちに、段々にグセルと仲が良くなって、一緒にお酒を飲むこともたび重なり、少し酔いが回るとドイツ語がすらすらと出るようになった。ある日、グセルが、あなたは何年くらいドイツにいたかと聞く。もちろん、ドイツにいったことはないからそのように答えた。

「おお、誰がそれを信ずるでしょう。あなたのドイツ語を聞く者は、そう思うことはできません」

グセルがそう言ったので、いい気持ちになり、少しは自信がついたように思われた。けれども、誘われてドイツ人のクラブに出かけると、ほかのドイツ人が話しかけることが少しも理解できない。グセルが間に入ってくれるので、やっとのことにお茶を濁したが、そんな夜は非常に疲れた。

大正九（一九二〇）年、新大学令の施行とともに法政大学の教授にもなった百閒は、ドイツ語科の主任になったので、グセルを推薦して講師にした。それからというもの、百閒のドイツ語はますます流暢になり、周囲の大勢の同僚たちを驚かせたけれど、グセルが人前で調子を合わせてくれたのを、そのころは気づかなかった。

法政大学にはフンチケルというドイツ語の講師もいたが、この人はスイス人である。小石川富坂の教会の牧師だったから、教会の中に住んでいた。たびたびご馳走に呼ばれたけれど、酔いが回ってくると、例によってドイツ語が上手になるように思われるのに、女性の話すドイツ語はいっこうに判らない。男の先生にばかり教わったからだろうと澄ましていた。（「南蛮鴃舌」「見ゆる限りは」「フローレンツ博士」「解夏宵行」「紅茶」）

動悸

動悸は百閒の持病のひとつで三十歳前後から続いている。普通の人の動悸とは違って、発作が起きると脈拍が百八十から二百にもなる。しかし、呼吸は普通で、煙草をすいながら話をすることができる。そういう状態が長く続き、一番長かったのは三十六時間半続いたことがあった。苦しいので小林博士の所へいって、博士が近づいてくる足音を聞いたら治ったこともあり、熱燗のお酒を飲んだら良くなったこともあった。(「養生訓」「病閑録」「輪舞する病魔」)

『東京焼盡』

昭和十九(一九四四)年十一月はじめから翌年の八月二十二日までの克明な記録、昭和三十(一九五五)年四月、講談社から刊行。四六判二百六十ページ、箱なし、二百八十円。装釘意匠は米良道博。

「東京日記」

家賃の滞納が重なって、八年住みなれた合羽坂の家も出ていかなければならないことになった。中央線の線路を越えた向こうの、四谷の丘に家を見つけて引っ越すことにした。麹町区土手三番町三十七番地(のち五番町十二番地と改称)の新居は八畳、六畳、四畳半に土間の狭い玄関があって、二階が床の間のついた六畳である。家賃三十九円で敷金が百二十円という条件だったが、家賃がたまって引っ越さなければならない身に、そんなお金があるわけがない。それに年の暮れでそこいらの店にも支払わなければならないから、百閒は雑誌「改造」の一月号に創作を書く約束をして、原稿料五百円を前借した。

こひに引っ越しの一切をまかせ、自身は五百円からいくらかを割いて、東京ステーションホテルの三三八号室にこもり、執筆に専念した。こうして、二週間で上がった作品が、二十三の掌編からなる「東京日記」九十六枚で、予定どおり「改造」の新年号に載った。どれも怪奇性、恐怖性に満ちた幻想小説で、筋だけ抜き出してみれば荒唐無稽な感じを受けるかも知れないけれど、話の筋が肝心ではないのが百閒の真骨頂である。独自の世界へ読者を引きずり込む、絶妙なデッサン力に裏づけされた文章の力こそが重要なポイントで、この点が欠け落ちた見方をしたのでは元も子もないことになる。材料の名前ばかり聞いても、料理の本当の味が判らないのと同じであった。ずっとのちのことになるが、三島由紀夫は『作家論』(中央公論社　昭和四十五年)の中で、この作品を絶賛した。(「工面」、平山三郎『百鬼園先生雑記帳』『詩琴酒の人』)

堂鳩

大正五(一九一六)年一月、陸軍教授に任官して士官学校付となり、ドイツ語を担当して、月給四十円をもらうことになった。陸軍に教育統監部があって、その下に幼年学校と士官学校が置かれ、文部省系統の学校に当てはめれば幼年学校が中学校、士官学校が高等学校に当たり、二つの学校は市ヶ谷の丘の上に境を接して並んでいた。仕事にありついたのはうれしかったけれど、心の中には複雑なものが渦巻いていた。

自分は八幡様に巣食う堂鳩と同じであると情けなく思った。八幡神社は士官学校の隣りにあり、堂鳩がよく士官学校へ飛んできては、しきりとなにかをついばんでいる。見ると軍馬の垂れる馬糞の中に不消化の麦が混じっているのを、拾って食っているのであった。自分も堂鳩と同じで、大嫌いな陸軍軍人の食べ残しをもらっているようなものだと自嘲して、悲哀は心の奥深くに突き刺さった。士官学校になにか大事な儀式があると校庭に整列するが、武官が偉そうに居流れるのとは別の所に、ここからが文官並びに馬匹の整列位置と言われて、馬並みの扱いであったのも、そういう思いに拍車をかけたであろう。

百閒はもともと陸軍が嫌いであった。自分が軟弱であることは充分に承知していたし、兵隊検査にも不合格だったが、それよりも、全国の高等学校のある所にはたいていどこでも陸軍の連隊だったかがあって、陸軍軍人と高等学校の生徒とは仲が悪い。むしろ軍人の方で露骨な対抗意識を持っていたらしい。郷里では第六高等学校の生徒の、いまいましい思い出があった。演習で移動中の兵士が、休憩時に通行の邪魔になるような道の真ん中に大砲を置いたくせに、たかが砲の後ろを生徒がまたいだという些細なことに怒って、衆人環視の中で一方的に理不尽な暴力を振るった。被害者側の高等学校の校長は抗議するどころか逆に謝って騒ぎを収めたということがあり、それが百閒の陸軍嫌いの根っ子の所にあった。しかし、学校を、それも帝大を出て一年半も職がないのではどうにもしようがなく、嫌いな陸軍の教授であろうとも就職しないわけにはいかないほど、ぎりぎりの所まで暮らしは苦しかった。それに、陸軍の学校では文官教官などは付けたりであって、授業は午前中だけだから時間がある。時世時節であれば止むを得ない、と百閒はあきらめた。

三月になると二十二日付で「任陸軍教授　叙高等官八等　内閣総理大臣正二位勲一等伯爵大隈重信宣」という辞令が出て年俸五百円となり、十二月には六百円に上がった。ちなみに高等官は九等までで、一、二等は勅任官、以下が奏任官だから、このときの百閒はまだ奏任官の下から二つ目であった。（「海老茶式部」「花のない宴」「この子のお子が」「その前夜」「青空倶楽部」「校長就任式」）

豆腐

豆腐の味をおぼえたのは、早稲田ホテルに身を潜めているときであった。当時、その辺りは水道がなく、井戸水で作った豆腐だったから、うまかったのである。のちに市中へ移って水道水で作った豆腐はうまくないと思った。昆布を敷いたり鰹節を入れない、ただの湯に浮かせて、酢醤油か柚子や橙を入れた醤油で食べるのが好みであった。戦後間もないころ、友人の家で焼き豆腐をご馳走になった。もともと好きではなかったけれど、久しぶりの味だったから、こんなにうまいものだったかと、それからは好物になった。（『百鬼園夜話』「焼豆腐とマアガリン」）

童話

童話『王様の背中』が、楽浪書院から刊行されたのは昭和九（一九三四）年であるが、ここに収載されている九つの作品は、昭和四（一九二九）年に「コドモノクニ」「大阪朝日」に連載されたものである。単行本になったのは、百閒の文名を高からしめた『百鬼園随筆』の出た翌年ではあるが、個々の作品が発表されたのは、それより五年も前であった。つまり、大正十一（一九二二）

年に『冥途』が刊行されたのに続いて、百閒が書いていたものに童話があったということには、なにかの意味があろうと思われるのであるが、このことはまだ解明されていないようである。

百閒にとってのもう一つの童話である『狐の裁判』は、「東京日記」と同じ昭和十三（一九三八）年に、少年少女世界文庫として小山書店から出ている。ライネケ狐が悪知恵を働かせて立身出世するという物語は、ゲーテの『ライネッケ・フックス』からの翻案である。

土手

若いころの作品を読んでくれた親しい友人が、君の書いたものには土手ばかり出てくる、君の文学は土手の憂愁、土手の悲哀だねと言った――と書いているけれど、百閒という名前自身が、すでに土手と無縁ではない。高等学校のころ、岡山市の東にある洪水除けの川、百間川から採って俳号としたのがはじまりで、のちに俗字の「間」を正字の「閒」としたからである。

それればかりではなく、岡山には別の事情で土手が多い。江戸期、沿岸の海を埋め立てて新田を作ろうという岡山藩の政策に基づいて、あちこちに無闇と土手ができたのだという。

そうして、最初の創作集『冥途』の中心的作品「冥途」も、最初から土手が出てくる。「道連」という作品も、はじめは「土手」という題であった。百閒の心の中に、土手に対する特別の思い入れがあったのだということは、晩年の昭和四十三（一九六八）年に書かれた「土手」の中に、土手は淋しく悲しい。そのつもりで書いたのではないが、後から思へば若い時の感傷を土手に託した事は疑ひない――と書いていることからも明らかである。(「土手」『冥途』「裏川」)

鳥飼

百閒は終生小鳥を飼っていたと言っていい。これは祖母竹の影響であるらしいが、早稲田ホテルにいたときなどは例外としても、空襲で焼け出されてのちの不自由な小屋暮らしであってさえも、小鳥はそばに置いていた。まだ若いころ高田老松町へ引っ越したときなどは、大八車に二十いくつもの鳥籠を積んでいたから、近所の人は鳥屋が越してきたと思ったらしかった。(「漱石山房の夜の文鳥」「春信」「うぐいす」)

な

内国勧業博覧会

明治政府による殖産興業政策の一つ。国内物産の博覧会で、明治十（一八七七）年に東京・上野公園で行われたのが最初。間違える人が多いが、国内勧業博覧会ではなく内国である。

百間が父久吉につれられていったのは、奇しくも最後となった明治三十五（一九〇二）年、大阪の天王寺一帯で開かれた第五回であった。琴を習いはじめる前だった百間はオルガンに執心しており、このとき、かねて念願のオルガンを買ってもらった。↓オルガン（「俄かに天狗風」）

この第五回内国勧業博覧会の開催を前にして、大阪府は大阪・堺両市から木賃宿を締め出した。下層民の姿が、博覧会で来阪する貴人の目に触れないように、という尊大な配慮があったという。このため、当時は市外であった関西本線以南の地に一斉に移った木賃宿を追って、市内にいた最下層の労働者が流入し、今日の「あいりん地区」(釜ヶ崎)を形成するはじめとなった。

中島重

六高時代からの友人で級長、特待生だった。クリスチャンで結核を病んでおり、茅ヶ崎で淋しく療養中を見舞った百閒に、お礼にミソサザイを買ってやると言った、「松笠鳥」の山部は中島である。百閒の身を心配するあまり、ずい分と厳しい意見もした。同志社大学の教授であった。(「松笠鳥」「櫛風沐雨」)

中野勝義

別名を蘭茶と言ったのは、酔った揚げ句に大言壮語をして、人のことを誰かれかまわず「つまらん奴っちゃ」と言ってのけるところから、百閒が命名したのである。もう一つの名を翠仏と言い、翠は酔に通ず仏は払に通ずで酔っ払いのことである。

蘭茶中野勝義は、それほどに酒くせが悪い。高級官僚の家へ年始にいったら、きている客がどいつもこいつも主人の局長におべっかを使っているのに腹が立った。一足先に出て、玄関に並べてあった二十足からの靴を、残らず表へ放り出してぐちゃぐちゃにしたなどという話にはことを欠かなかったらしい。

百閒に対しても、糞和尚などと毒舌を吐いてはばからないけれど、十五円貸してくれと頼んだところへ、かつて、言ったとおりに貸したのでは返りにくいから、余分に貸すものだと教えておいたとおり、二十円貸してくれたりして、百閒にしてみれば可愛くてしかたないところがあった。そのときも、蘭茶の鼻の横には治り切らない傷があった。百閒がやっとの思いで二十円を返しにいった夜、蘭茶は友人を誘ってその金を飲みつくし、それでも足りなくて三円五十銭も足が出たという。

晩のお膳をすませて、あとは寝るばかりという百閒の所へ、蘭茶がローマ飛行の栗村盛孝をともなって転がり込む。すでに二人ともべろべろで、お膳の残り物である豆腐や漬けアミをお互いの口へ押し込み合い、たしなめる百閒に向かって悪態をつく。

「和尚め、糞じじい、百鬼園先生」

止まりがつかないから、百閒はしかたなく二人をつれ出し、蘭茶の行きつけの店で酒を飲ませて鎮圧するけれど、一晩に二度の酒で、翌日は宿酔いに悩まされる。

蘭茶は、百閒の昔の学生で、法政大学航空研究会の会員である。学友会の委員で発言力のあった蘭茶の主張が通って、法政大学は、ほかの大学に先駆けて航空研究会を発足させた。けれども、飛行機がしきりと落ちて危ないものというのが常識だったころで、教授たちは誰も会長を引き受けなかったため、百閒の所にお鉢が回り、それで蘭茶との師弟関係がはじまったのである。

法政大学を卒業した蘭茶は、朝日新聞に入社した。朝日に入るほどの学業成績ではなかったけれど、彼を見込んだ逓信省航空局のお偉方が、強力に推薦してくれたからである。航空部に配属され、はじめのうちはこれといった仕事もなく日を送って不満な思いを抱くが、なれるに従って本性を現した。ある日、昼食に外へ出てビールを飲み過ぎた蘭茶は、へべれけになって帰社する。あまつさえ、おもしろくなって経理の連中をからかい、机の上に土足で上がり込んで、そろばんを持って立ち向かう者があると、奪い取って真っ二つに折るという乱暴狼藉ぶりである。一週間ばかりは自分の方から謹慎したが、それでも会社からおとがめはなく、もとのとおり働くうちに時が過ぎて航空部次長になった。たぎるような才気とエネルギーを持て余していたというのか、やはり、人に見込まれるだけの器量は持ち合わせていたのだろう。

しかし、自分の家でもおとなしくしていない蘭茶は、奥さんを取り押さえて丸髷を根元から切ってしまったり、けんかが絶えない。家に帰ってみるとすっかり空家になっていて、奥さんは黙って引っ越しをしていた、ということもあった。

朝日新聞参与の席にあった昭和十七（一九四二）年、蘭茶は陸軍航空本部の徴用を受け、中佐相当官で上海やサイゴンに派遣された。

戦後は朝日新聞をやめて全日空の前身である日本ヘリコプターの創立に参画し、のちに全日空の副社長にまでなった。法政大学のみならず日本の航空界への寄与は並々ならぬものがあり、死後に勲三等瑞宝章を贈られた。

昭和三十五（一九六〇）年十一月十六日、全日空の社用で北海道へ渡った蘭茶は、帯広へ向かう途中、搭乗機が千二百メートルの高空で突然に空中分解を起こし、新得畜産試験場の大平原に落ちて、搭乗の四人全員が落命した。奇しくもそこは蘭茶の生まれ故郷であった。五十六歳のあまりにも早い死であった。

中野の死後二年を経た昭和三十七（一九六二）年十月号の『小説新潮』に、百閒は蘭茶を追想する「肩ぐるま」という作品を書いた。玄関への来客に中野の幻を見てしまうという、淡々とした文に切なさが漂っている。（「翠仏伝」「宿酲」「空中分解」「肩ぐるま」）

長野初

長野初がはじめて百閒の所へきたのは、大正九（一九二〇）年八月四日のことであった。

野上豊一郎から若い女性を一人遣るから、ドイツ語を教えてくれと手紙で依頼されていた。長野は目白の日本女子大学英文科を出た才媛で、帝大がはじめて設けた女子聴講制度の最初の受講者の一人である。帝大文科の社会学科に通っていたが、ドイツ語を知らないのでは聴講に困るということで、野上弥生子の門下だったことから、豊一郎を通じて漱石門の後輩である百閒の所へくることになった。

初対面の日、こちらからはなにも聞かないのに、不幸な結婚をして台湾へいき、生まれた赤ん坊にもすぐに死に別れて、遺骨を抱いて一人で帰ってきたという身の上話をした。それっきり、そのことについてはなにも話さず、百閒も聞かないままに日が過ぎた。下地に英語の素養があるし、もともと利発だからドイツ語の理解も早く、すぐにシュニッツレルやハウプトマンの短編を読めるようになった。いつも百閒が考えていたよりも、ずい分と先の方まで予習がしてあり、聞けば十二時過ぎまで机にかじりついているということであった。

色白の美人で、しかし、好きな顔立ちではないなどと言いながらも、百閒だってまだ三十歳を出たばかりだから、ほのかな恋心のようなものが心の隅に浮かばなかったと言えば、それは嘘に決まっている。だからどうしようというのではなくても、それが男心というものの、自分でも始末に負えないところであった。宮城道雄の演奏会に連れていったりして、人目にもつくようになると、口の悪い友人たちは、いろいろに取り沙汰をして百閒をからかった。それがまた百閒にはいちいち心地良かった。

関東大震災のあと、百閒は手を尽くして初の消息を探ったけれど、はっきりとしたことは判らない。一度ご馳走に呼ばれていった本所石原町の初の家の辺りへは、電車が不通のままだったからずっと歩いて何度も足を運んだ。初ではないかと思われる、白い歯並みの小柄な女性が、炭のような黒こげになっている死体を見たことはあったが、なにかの根拠があってそう思ったのではない。結局のところ、初は病身の母親を背負って被服廠跡へ逃げたというところまでは判ったから、そこで多くの人たちと同じように、猛火に包まれて死んだのだと思うよりほかになかった。(『續百鬼園日記帖』「長春香」「アジンコート」)

中村武志

日本国有鉄道の職員。昭和八(一九三三)年に『百鬼園随筆』を読んで感動してのち、東京鉄道局の社内報「運輸月報」に随筆を連載したが、ことごとくが百閒の模倣で、後輩の鉄道職員平山三郎から「百閒先生のまねはお止めになるべきです」と忠告された。戦後、国鉄本社の社内報「国鉄」の編集者となり、誌上に書いた随筆がたまったのを『埋草随筆』として出版したが、百閒に序文を依頼したところ、「書いたものが面白いのではなく、はじめから面白いものを書こうとするのは邪道である」と書かれた。

百閒が三畳御殿を建てたときには、中村に雑用を言いつけ、上棟式の立会いもさせていた。中村の一人息子春木の入学には、百閒がランドセルを送るなどして、師弟関係は良好のように見えるが、実は百閒は中村を嫌っていたのだと、雑賀進という編集者が雑誌「鳩よ!」の内田百閒特集に書いている。

『埋草随筆』で世に出た中村は、このあと目白三平シリーズでベストセラー作家になった。(『百鬼園戦後日記』、中村武志「ただ一度の訓示」週刊朝日編『私の文章修行』所収=昭和五十四年三月発行)

夏の小袖

下さるものは夏のお小袖、という。小袖は絹の綿入れであるから、夏にもらっても迷惑であるが、下さるものだから戴いておきましょう、と言うことであるらしい。百閒が芸術院会員に内定した昭和四十二(一九六七)年十二月のはじめ、新聞に報道されると、祝電や賀状に続いてお祝いの品物が届きはじめた。ラインのシャンパン、スペインのシェリー、ハンガリー・ブタペストのトカイエル、大阪灘萬の雀鮨、ウイスキーのセットから伏見や伊丹、灘の銘酒、極めつけは「どうにでもなる大枚の一件」である。百閒がこれを、下さるものは夏のお小袖とばかりにしまい込んだのは、高橋誠一郎芸術院院長に対して、辞退する旨の使者を、すでに弟子の多田基に言いつけてあったからである。

昭和二十一(一九四六)年四月二十八日、雑誌「べんがら」の原稿として「夏の小袖」三枚を村山古郷に渡したと日記にあるのは、芸術院辞退とは関係がない。空襲で焼け出されて着るものがないから、季節外れのものでも人からもらうけれど、三畳の小屋では仕舞いどころに苦労するという話である。ちなみに「べんがら」は村山が主宰の俳句誌で、毎号百閒の随筆が掲載されていた。(「柵の外」「夏の小袖」『百鬼園戦後日記』)

納豆屋のみっちゃん

納豆屋のみっちゃんとは、宮城道雄との間で、のちの昭和天皇のことを、ひそかにそう呼んだのである。昭和天皇と弟の秩父宮とは、幼い日、青山御所で育った。御所の外を朝まだき、納豆売りの少年が通り、その売り声が御所の両殿下の耳に聞こえ、いつの間にか憶えて御所の中で真似をして歩いたという。そのころ昭和天皇は迪宮《みちのみや》と言い、秩父宮は淳宮《あつのみや》と言った。それで、納豆屋のみっちゃんとあっちゃん。(「秩父宮殿下に上るの書」「上だけ」)

夏目漱石全集

大正六(一九一七)年になって、岩波書店から『夏目漱石全集』が出ることになり、編纂の仕事は森田草平を責任者として石原健生、林原耕三と百閒の四人が担当することになった。築地活版所の十三号室(↓)が仕事場で、士官学校が終わったあとや授業のない日にそちらへ回った。印刷所へ渡す前に原稿の語尾をそろえておくということになったけれど、そのつど話し合っていては間尺に合わないから、あらかじめ「漱石全集校正文法」を作成した。なかなかやっかいな校正で、五校も六校も取ったものだから思うように捗らず、発行期日が迫ってくると周囲の人々の口がうるさくなってきた。阿部能成などには「内田の一生懸命は一生懸命でもあてにならん」

とまで酷評された。(「十三号室」)

ナプキン

ナプキンという言葉は中学のはじめのころ教わったけれど、受け持ちの英語の先生もどういうものかは知らなかったらしい。帝大に入って上京するとき、神戸から乗り換えた最急行の列車で食堂車にいくと、口拭きの紙だとばかり思っていたナプキンは、透かし織りで精養軒のマークが地紋に入った布であった。これはいいと思った百閒は、席を立つときにパンくずを払って持ってきてしまった。ボーイも見ていながら止める様子さえなかった。東京の下宿ではいつも膝の上に置いて使った。(「二本松」)

『波のうねうね』

昭和三十九(一九六四)年八月、新潮社から刊行。四六判二百五十ページ、布装箱入り、六百円。装釘林武。三十一篇を収録している。

『南山寿』

昭和十五(一九四〇)年十月、中央公論社から刊行、四六判箱入り四百十九ページ、二円二十銭。九篇を収録。

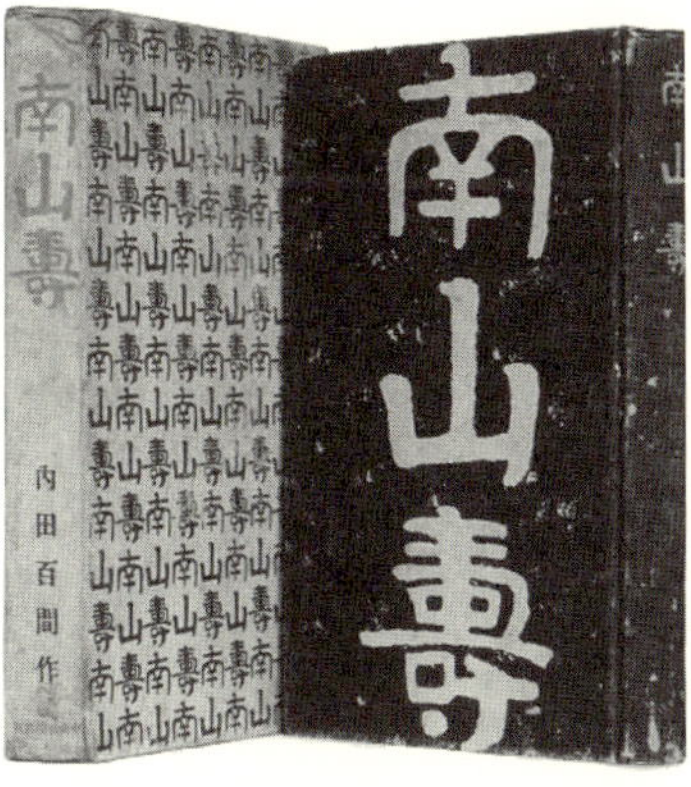

『南山寿』

難波久太郎

岡山県立中学の同級生。親同士が遊び友だちで、岡山の狭斜の巷でサノサ節に歌われたほどであった。家は岡山市の旭川西にある西大寺町で、何代も続いた度量衡問屋であった。久太郎は長じてから、東京銀座のバー「ロマンス」を経営した。（「五十五軒」）

に

日清戦争・日露戦争

日清戦争のはじまった明治二十七（一八九四）年、百閒はまだ幼稚園にいっていて五歳であった。翌年、尋常小学校に上がった。そのあとでたくさんの軍歌を学校で習ったために、日清戦争を自分の記憶と混同してしまった。そうして、高等小学校を出るまでの七年の横糸は、日清戦争の軍歌で織り成されているような気がするという。

日清戦争後の三国干渉によって遼東半島を中国に返還した際、高等小学校の「物騒な先生」金峯森谷傳三郎（↓）が、顎鬚をしごきながら憤慨したことを記しているのは、当時の民衆の反応を良く伝えているのだろう。

日清戦争の軍艦「吉野」が岡山に近い海にきたのは、高等小学校一年か二年のときであるが、生徒全員が先生に引率されて見学にいった。市内を流れる旭川から何艘もの高瀬舟に分乗して出かけたのは良かったけれど、なにしろ底の平らな船のことであるから、瀬戸内海の波に翻弄されてとんでもなく遠い岸まで流され、家に帰り着いたのは夜も遅くなってからであった。その間、家では祖母の竹が神棚にお灯明を上げて、孫の無事を祈っていた。

日露戦争の明治三十七~八（一九〇四~五）年は、中学の三年から四年の間であったから、自分の記憶として残っている。旅順陥落の誤報が何度も出たらしく、父の久吉は待ちかねたためではなかったけれど、本当に落ちる前に病死してしまった。号外も出て大変な騒ぎで、遼陽占領のときには岡山でも祝勝の提灯行列が行われた。（「吉野艦」「土手」「堤燈行列」「軍歌の悲哀」）

『日没閉門』

昭和四十六（一九七一）年四月五日印刷、四月十五日発行となっている

『日没閉門』

が、百閒はこの本が手許にくるのを心待ちにしながら、四月二十日夕方急逝している。四六判二百ページ、和紙を貼った夫婦箱入り、千三百円。見返しに内田家の家紋である剣かたばみが入っているのは、百閒の注文であったという。朝日新聞PR版「うち・そと」掲載の「日没閉門」から、最後の作品となった「猫が口を利いた」までが収められている。

日本郵船

日本郵船株式会社の嘱託になったのは昭和十四（一九三九）年の四月二十四日からであった。文書顧問として立派な文人を推薦してほしいと、郵船の小倉重役から依頼されていた辰野隆博士（→）が、百閒に太鼓判を押しての就任であった。月手当て二百円で、水曜日を除く平日の午後から出社し、郵船側で作成した文書を見て手を入れるのであって、はじめから起草することはしない約束であった。

初出社の日にはフロックコートに山高帽子、薄鼠色の手袋にステッキをついた姿で出社して、郵船の人々を驚かせた。六階の六四三号室という重役室のような部屋をあてがわれた。六四三は無資産ではないかと言った者もあったけれど、もとは大金庫室だったと聞いて、ご満悦であった。

それから昭和二十（一九四五）年十一月末、敗戦のために解嘱されるまでの六年間、会社の船であちこちと旅をしたり、船内のご馳走をたらふく食って、いろいろといい思いもした。途中、無給の時代もあったけれど、陸軍報道班員というものがあり、身辺でも刈り出された者があったから、会社勤めの身で文士としてお役に立てないという顔をしていたのである。軍人が嫌いな百閒には、この戦争の敗色がはっきりとしていたのだろうと思われる。

昭和二十（一九四五）年八月十五日、日本は連合軍の物量の前に無条件降伏をした。日本郵船のビルはアメリカ占領軍に接収され、それ以前に船のほとんどが徴用されて太平洋に沈んでいたから、会社は事実上瓦解していた。十一月末に嘱託を解かれたのも止むを得ないことであった。（「夢獅山房」「一本七勺」「鎌倉丸周遊」平山三郎『詩琴酒の人』）

ニュー

高等英語では「ニュー」は馬のことを意味するらしい、と皮肉に書いている。馬肉入りのコンビーフを酒の肴に食ってみて、うまかったのはいいけれど、虫眼鏡で見なければ判らないような小さな字で、馬肉入りと書いてあったのが気に入らなかった。ホテル・ニュージャパンは馬がきて泊まるホテルかと、これでは辻褄を合わせるのに苦労するというのである。（「馬は丸顔」）

ぬ

ヌ公

ヌ公とは、あえて蛇足を加えれば、「狸の宝くじ」というなぞなぞだったかで、「た抜き」だから「からくじ」というのがあった。その手で「狸公《たぬこう》」の「た抜き」でヌ公になるのである。全編が会話で、一杯やっている百閒の前に狸が出てきて、お相手をするという設定の「ヌ公」は、とぼけた味の中に、しかし、内容はあれこれと豊かで、只者の交わす会話ではない。(「ヌ公」)

ね

猫

内田百閒は無類の猫好きだと思い込まれているようだけれど、実はそんなことはない。自身でも「泣き蟲」という文中に、猫好きという一般の部類には入らないと書いているし、彼が愛して止まなかったノラとクルツあるいはクルでさえ、好き好んで飼ったのではないと記している。

それに、絶筆となった「猫が口を利いた」という小品の猫は、「山高帽子」の冒頭で振り向きざまに、なんだと言った猫と同じものではないかと思われるけれど、早稲田ホテルと思われる自室の隣りの空き部屋に、猫が入っていたという「猫」や「白猫」の不気味な猫の存在は、どう見ても心の底から猫を好きだった人の描きようではない。

ノラは裏の塀の上にいた野良猫が、隣りの床下で産んで置いていった子である。それを野良猫として飼うと決めて、すっかり馴染んでいたある日、こひの手をすり抜けて散歩にいったきり帰ってこない。百閒は人伝にあちこち訪ね、礼金をつけてビラを配ったり張り紙をして探した。そのころ、酔余に電話をかけ「あんな猫、とっくに三味線の皮になってらあ」と言ってしまった高橋義孝は、しばらく百閒居へ寄り付けなかった。そこへノラの言伝を持ってきたかのように入ってきたのがクルで、そのまま居ついてしまう。しっぽが短いほかはノラそっくりだというクルは、どこかの飼い猫だったらしい迷い猫だから、素性はまったく知れない。

二匹とも、ペルシャだのシャムだのという珍重される高価な種類でもなく、そこいらにいくらでもいる猫であった。クルの場合は、行方不明ではなく、みなに看取られて病死するのであるが、いなくなってからというもの、百閒の悲しみようは尋常一様ではない。なんでもない、ただの猫がなにものにも代えられない存在になっていたようで、百鬼園入道と言われるほどの気難しい大男が、日々を泣き暮らしたというところに、言いようのない哀愁を帯びた可笑しみが漂っている。実のところ、生きている間はそれほどに可愛がっていた様子もなく、しっぽを持って吊るしたりしていたのに、いなくなると、にわかにいとおしくなったらしいことが、こひの言動にも見える。

幼いころから岡山の生家には飼い猫がいて、上京してからも大概はいつもいたらしいけれど、構ってやったこともなければ、第一、どういう名前だったかさえ、どこにも書き留めてはいない。(「猫」「白猫」『ノラや』『クルやお前か』)

の

野上豊一郎

大分県出身の英文学者で能楽研究家。臼川と号した。第一高等学校から東京帝大へ進み、夏目漱石に師事した。同級生に安倍能成、岩波茂雄がいた。法政大学講師から教授、予科長となり、森田草平、内田百閒ら漱石門下を教授陣に迎えた。法政騒動で辞職したが翌年には復帰し、戦後の昭和二十一（一九四六）年、総長に就任した。作家野上弥生子は妻。

蚤

普通の家では戦後しばらく経ってからでも、蚤がポピュラーな存在だった。害虫というよりも、親しみのある虫だったように思われるところがあった。

子どものころから蚤に敏感だったという百閒は、食われた所が赤くはれて「ほろせ」になり、爪で押したりすれば、それがどんどん大きくふくらんで一銭銅貨くらいになるという。「ほろせ」というのは広辞苑によれば、皮膚にできる小さなぶつぶつである。

「ノミに小丸」は陸軍士官学校の教官だったころのことであるが、士官学校のロシア語の老教官矢崎鎮四郎＝嵯峨の屋おむろが、一晩に八十匹の蚤を捕ったことが出ていて、だから、大正時代の日本では、たいがいの家に蚤がいたのではないか。

合羽坂時代の終わりころにも、やっぱり蚤に食われていたらしい。「ほろせ」を爪でつぶすのは学生時代と同じであるが、楽しむ余裕もなかったわけではない。

昭和二十（一九四五）年七月二十三日夜、小屋で悩まされた蚤は、母屋の男爵家から掃き出されてきたものだったようである。（「ノミに小丸」「蚤と雷」「竹梯庵の記」『東京焼盡』）

ノラ　→猫

『ノラや』

昭和三十二（一九五七）年十二月、文藝春秋社から刊行。四六判二百九十ページ、箱入り、二百八十円。装釘は文藝春秋社の車谷弘で、純白に金色で刷った表紙、背は朱の上に金色で刷っている。第一ページには、漱石の写生帳にあったという猫の絵を置いた。

則武貞吾

のりたけさんは岡山の幼馴染。椎茸のりたけ干瓢さんなどと囃したりもした。環翠尋常小学校で、百閒がわけもないのに泣いていると、後ろの則武の席から小便が流れてきたことがあった。長じてからは神戸に住み、シアトルやバンクーバーとの間を往復して貿易を営んでいた。百閒は著書を必ず送るようにしていたけれど、「栄さんがくれる本は読めるけれど、いくら読んでも栄さんの書いたものには実益がない」と言った。日本郵船の船で神戸にいったとき、かねて頼んでおいた浴衣をもらったけれど、なんにするつもりだったかを忘れていた。（「郷夢散録」「実益アリ」「山火事」）

『ノラや』

昭和二十二（一九四七）年五月、展望社から刊行、四六判百三十八ページ、二十五円。装釘は伊藤憲治。十三篇を収録。

は

『俳諧随筆』

俳句

百閒が俳句をはじめたのは、俳人の志田素琴（義秀）が国語教師として第六高等学校に赴任してきてからである。麗らかや薮の向うの草の山——これが、そのころの百閒の句である。

盛んになった六高俳句会は一夜会、苦渋会などの句会を催して運座を百回まで続けるという勢いで、一時は校友会誌が俳句雑誌のようになり運動部から苦情が出た。俳句に熱中するあまり学業がおろそかになった百閒は、二年生から三年生になるときの学年試験が悪く、特に独文志望の身でドイツ語が最悪という成績で危うく落第しそうになり、素琴先生の渋面を拝まなければならなかった。

なお、『百鬼園俳句帳』は福武版の全集第二巻に入っているが、昭和九（一九三四）年六月に三笠書房から出たのがはじめであると、平山三郎の解題にある。そうして、『有頂天』『随筆新雨』『鬼苑横談』には、拾遺一から五が掲載されている。（「一夜会」「素琴先生」）

『俳句作品季題總覧』

四百八十四句について記されている。付録の『俳諧派文學研究』は六高の校友會會誌に載ったもの。『新輯内田百閒全集』第十八巻に掲載されている。

白色レグホン

高等学校のころ、東京から送ってきた雑誌を見て、イタリー産の純粋種単冠白色レグホンの百日雛がほしくなり、祖母にねだって東京から取り寄せてもらった。一つがいで八円もしたから、駅から家まで籠を運んだ人力車の車夫が、値段を聞いてびっくりした。大事に飼って卵を採ったりしていたが、そのうちに近親で交わって子が生まれるから、牝雞の足が短くなったり段々におかしなことになり、ついには牝雞が時を告げるようになった。気持が悪くなったから、雞屋を呼んで一羽残らず売り払った。（「牝雞の晨」）

白玉楼

詩人や文人が死後に住む天上の楼閣を「はくぎょくろう」という。出典は中国の古典であるが、昭和二十三（一九四八）年に、いわゆる三畳御殿を建てたとき、知人が白玉楼ではないですかと言ったと、摩阿陀会十四年目のあいさつで述べている。（「渭城の朝雨」）

馬車

馬車に乗ったのは祖母のお葬いのときだけである、と百閒は書いている。祖母の竹の葬儀は大正九（一九二〇）年十月であったが、霊柩車とあとに続く親族の車も馬車だったのだろう。

しかし、馬車に乗ったのは祖母の葬儀のときだけというのは百閒の勘違いで、実はもう一度あったのを忘れているのである。それは帝大を出てしばらくしたころで、暮らしが詰まって二進も三進もいかず、師の漱石にお金を借りにいった。先生は留守で、湯河原へ湯治にいっているという。そこで、家中の小銭までありったけを集めて汽車に乗り、国府津から小田原まで電車のあとは、トロッコに毛の生えたような軽便鉄道に乗った。そうやって、やっと湯河原の駅に降りはしたけれど、漱石の泊まっている天野屋がどこなのかまったく判らない。困り果てている目の前に停まったのが天野屋の提灯を点した馬車で、馬車賃を心配しながら乗っていったところが、お迎えの車だから無料であった。（「邯鄲の歩」「摺りばん」「漱石先生臨終記」）

八月十五日

昭和二十（一九四五）年五月二十六日の夜、内田百閒の借家がある番町一帯もB29の空襲（↓）を受けた。猛火の中を逃げ惑い、一夜明けて元の所にもどったけれど、家はすでにない。隣家の男爵家の塀際にあった二畳ほどの火の番小屋を借り受け、ほどなく、ここで敗戦の日を迎えた。

八月十五日、前日から予告されていた正午の重大放送を、百閒は隣家の二階に上げてもらって聞いた。明治二十二年生まれで、皇室に素朴な畏敬の念を抱いていた百閒は、上着を着てラジオの前に正座している。聞こえてくるのは、百閒がひそかに「納豆屋のみっちゃん」（↓）と呼んでいた昭和天皇裕仁の声である。天皇の声は録音であったが戦争終結の詔書で、涙が出てしばらく止まなかった。しかし、どういう涙かということは自分でも考えることができなかったという。（『東京焼盡』）

花茣蓙

岡山や広島では湿地に自生するものもあるが、藺《い》を水田で栽培している。地上一メートルほどになった茎を刈って染色し、いろんな模様を織り出したのが花茣蓙である。

百閒の郷里のしきたりでは、寝苦しい夏の夜、布団の上に花茣蓙を敷いて寝るという。冷たい藺の感触が肌に涼しいようである。

まだ、岡山にいたころの百閒が、漱石に花茣蓙を送ったことがあった。（「竿の音」）

『花柘榴』

昭和二十二（一九四七）年五月、穂高書房から刊行、四六判二百六十ページ、五十五円。「居候匆匆」など三篇の小説を収めている。

馬肉

そのころというのは戦前のことであるが、普通の肉屋の店頭には馬肉を置くことはできなかったという。百閒が四谷の大通りの新宿に近いほうにあった馬肉屋へ買いにいったのは、亡父の友人だった人から鹿の肉をもらったからで、友人を呼んでにぎやかにやろうと思ったけれど、鍋の中が鹿ばかりでは駢儷体が成り立たないから、馬肉を加えて修辞を整えようと考えたのである。馬肉屋の親父が庖丁をひるがえして肉塊を切り分けている表の道を、昔なじみの軍馬が通ってこっちを見ていた。百閒が陸軍士官学校のドイツ語教官だったころ、高官が来校するなどすると整列して迎えるのだが、百閒たち文官は整列の位置が馬匹と同じだったからなじみと言うのであって、同じ馬ではもちろんない。

なお、駢儷体とは六朝時代にはやった文体で、四字句と六字句を対にする形である。（「馬は丸顔」「玄冬観櫻の宴」「鹿ノミナラズ」）↓鹿

ハレー彗星

新しい古いのけじめをどこでつけるか。百閒はその線を明治四十三（一九一〇）年のハレー彗星に引いていた。それより前は古く、こちらなら新しいということである。彗星が現われた年、百閒は六高の三年生だったが、荒手の藪（↓）にある大銀杏の樹冠が、彗星と向き合って夜空にゆさゆさ揺れるのを見ている。

ハレー彗星が地球にぶつかるという噂が流れて、それがきょうだという夜、六高の友人数人と語らって、京橋の袂にある西洋料理店へいった。二、三杯のビールに酔っ払って、それらしい時刻に屋根の上の物干し台に出たら、ハレー彗星はぎらぎらとして、こちらをねらっているように見えたけれど、むろん、地球にぶつかるということはなかった。（「事の新古とハレー彗星」「山屋敷の消滅」「ハレー彗星あと二十年」）

『番町の空』

昭和二十一（一九四六）年八月十四日の日記に、文藝春秋と約束している『番町の空』を書き始めた——と記されている。これはのちの『東京燒盡』のことで、『夜毎の火柱』などいくつもの案を経て、このころは『番町の空』と決まっていた。昭和十九（一九四四）

年十一月一日から翌年八月二十一日までの日記だが、「太平洋戦争という苛烈な時代の歴史的瞬間と、その時代を生き抜く帝都の一市民としての困苦に満ちた日々の哀歓が、著者独特の季節的風物描写の彩を添えつつ、文学的香り高い独自の日記文学となっている」と、中公文庫版『東京焼盡』の解説に村山古郷が書いている。はじめは、日記にあるとおり文藝春秋から出る予定であったが、紆余曲折の末に講談社から刊行された。→『東京焼盡』

ひ

髭

→口髭

麦酒

お酒はなんでも飲んだけれど、主にビールであったらしく、それもビールでなく、必ず麦酒と書いている。はじめのうちビールしか飲まなかったのは、志保屋がつぶれたのは、父の久吉が酒を飲みすぎたからだと信じ込んでいる祖母に、きつく止められたからである。だから、学校を出るまではビールしか飲まなかったが、祖母の竹という人はビールがどういうもので、飲めばどうなるかを知らなかったのである。高等学校のころから百閒はビールに親しんでいたが、友人と二人して一本を空けられない程度であった。それが、帝大を出るころには一どきにビールを六本飲んで、その間に一度も小便に立たないのを自慢にしていた。のちに昭和十二（一九三七）年ころからビールだけにしたのは、健康上の理由によるものであった。

戦時中は酒もビールも配給制であったから自由に飲めるものではなく、よその分も譲ってもらって飲んだ。とりわけ、寒くなって、どこの家でもビールを飲まなくなる冬がよかったと、凩の吹く晩の冷たいビールが喉を通って、おなかの中でほのかに、梅が一輪一輪と咲く趣きで暖かくなってくる味わい、と書いているけれど、ひょっとすると、一流の負け惜しみだったと思われなくもない。

戦後、自由に飲めるようになってからは、気に入った銘柄のものしか口にせず、うまいビールと言って勧められても、そのうまいということがビールにとっては致命傷なのである、と断定してやまないのである。（「柳暗花明」「我が酒歴」「酒光漫筆」「タンタルス」「ひがみ」「支離滅裂の章」）

避暑

冬でも浴衣（↓）一枚でいたがるほうだから、夏の暑いのが苦手で、布団の上に郷里の花茣蓙（↓）を敷いて寝たりする。昭和十（一九三五）年の夏には、たまらずに家を抜け出し、東京駅のステーションホテルに泊まって冷房を満喫した。家へ電話して、下界はどうだと聞いたら、あなたがいない分、よっぽど涼しいと言われた。結局、十二日も滞在したのだから、お金もたくさんかかっただろうけれど、そんなことに頓着する百閒ではなかった。（「不連続線」）

引っ越し

志保屋三代目の久吉が死んで、ついに商売が立ち行かなくなってからは、可愛い一人孫に修羅場を見せたくないという祖母竹の配慮で、旭川の西の借家に移ったのを皮切りに、四代目となるはずであった百閒は、生涯に十八回の引っ越しをすることになる。

最初の借家は、お城下の内山下の泥深い蓮池を埋め立てた新開地の二階建てであった。昼間でも静まり返っているのに、夜になれば四辻に狐がしゃがんでいるような淋しい所で、百閒はそこから岡山城の郭内にある県立中学校へ通った。しばらくのちには川東に帰って、もとの店の道向こうにある借家に移った。夏目漱石に傾倒していくようになるのはこのころからである。

東京へ居を移したのは、百閒が東京帝国大学に入った明治四十三（一九一〇）年で、新学期のはじまる九月をとうに過ぎてからのことであった。下谷七軒町の下宿が、しかし予想に反して薄汚い。三、四日もしないうちに下宿を変わってしまった。

友人の紹介で移った小石川区久堅町の下宿は崖の上のような所にあったが、夕刊を配達する新聞屋の鈴の音や、東京へきてはじめて聞いた豆腐屋のらっぱの音が気にさわった。風邪をひいた弱気な心で、帰郷して治してから出直そうと考えたら、矢も楯もたまらず、熱が引いたのを機に下関行きの急行に乗っていた。

二度目の上京は、その年の冬で、帝大の北になる向ヶ丘弥生町一番地の青ペンキ塗りの洋館建に下宿した。四人の下宿人はみな帝大生ばかりであった。

女主人の都合で下宿を止めることになったため、本郷森川町一番地の蓋平館別荘に移った。高等下宿と称していたけれど、百閒や口の悪い学生たちは「宿は下等にして高し」と反対から読んだ。弥生町の下宿のころたびたび出入りしていた岡部のばあさんは、蓋平館に移ってからも繁くやってきては洗濯物を引き受けていたが、「間代だけで七円五十銭なんてもったいない。小さな家が一軒借りられるお金です。それに下宿へお払いになる食費だけあれば、あなたのお世話をさせていただいて、私も食べさせていただけます。ぜひ、そうなさいまし」と言い出した。

岡部にまかせて引っ越したのが、小石川指ヶ谷町の路地を入った四軒長屋である。奥から二軒目の六畳と三畳に広い台所がついて、家賃が七円五十銭、奥の六畳に百閒が陣取った。玉ねぎをヘットで炒めたのへ、岡部特製のインチキソースをかけて食うのが、ことのほか気に入って、講義から帰るのが楽しみになった。

大正と改元になった一九一二年九月、百閒は新学期前の休暇中に岡山へ帰省して、自宅で堀野清子と結婚式を上げた。清子はすでに身ごもっていたので、岡山の祖母や母の許へ残して、百閒の指ヶ谷町での一人暮らしは続いた。長男久吉を出産すると、その子を預けたまま、清子だけを小石川白山御殿町百十番地の新居に迎えたのが、翌年の一月であった。

一年ほどして、白山通りから北の方へ路地を入った所で格好の家が見つかった。本郷駒込曙町のその家は、まだ壁も乾いていないような新築の二階建てで、家賃二十四円であった。

大正三（一九一四）年に長女の多美野が生まれると、翌年には岡山の家族を呼び寄せて高田老松町三十四番地へ移った。帝大は出ても職がなかったから、家賃十七円は駒込曙町よりも安くて助かった。祖母と母、百閒清子夫妻、久吉と多美野、それに郷里の町内から出てきて菊坂の女学校へ通うことになったお貞さん、お手伝いの田舎娘というにぎやかな所帯になった。

大正五（一九一六）年一月、陸軍教授に任官して士官学校付となり、ドイツ語の担当で月給四十円をもらうことになった。

大家族の上に百閒が贅沢だから、家賃の未払いが重なって、すぐ裏にいる大家からの催促がうるさく、転居先を探さなければならなくなった。翌年一月も月末が近くなってから、同じ町内の十七番地に移った。家賃は六十円と高かったけれど、二階の八畳間と玄関脇の二畳の書生部屋を書斎にした。

それから、小石川雑司ヶ谷百番地へ転居したのは、大正十二（一九二三）年の秋も深まるころである。白山御殿町から引っ越してきていた盲学校の塀のすぐ前で、中国からの留学生の寄宿舎だったから、家賃は七十円もしたけれど、かなり広く、書斎は下において、これとは別に二階の十二畳を自分の居室にしたのは、のちのちのための伏線でもあった。

夫婦の間で口論が重なり、揚げ句に百閒がお膳をひっくり返すようないさかいの末、大正十四（一九二五）年夏のある午後、百閒は風に吹かれたように家を出た。市電終点の早稲田の先に砂利場があって、その奥に目をつけておいた早稲田ホテルという安宿があり、「一人一室賄い付一ヶ月二十円」であった。百閒は一階の十九番に入って、しばらくはここに身を潜めている覚悟をした。清子とのこともあるけれど、やりくりのつかなくなった高利貸が三、四軒はあった。

そうして、息を潜めて四年を暮らした早稲田ホテルを出たのは、自力ではなくてホテルが廃業になったからである。やむなく市ヶ谷仲之町三十九番地の二階建てへ引っ越したのが昭和三（一九二八）年の春であったが、その秋の月の明るい夜、近所をぶらぶらしていて、大きなお屋敷の塀にくっついたような貸家を見つけ、こひと妹の千江の三人で転居した。この家が、いわゆる合羽坂の家である。

昭和八（一九三三）年、百閒四十四歳の十月、『百鬼園随筆』が三笠書房から刊行されると、たちまち十数版を重ね、百閒の名文が人々を魅了する嚆矢となった。手許や身の回りが少しゆっくりしてくると、もともと人を呼んでご馳走するのが好きだから、お膳の周辺がにぎやかになった。お膳の上でわがままを通したり、人をご馳走をしているうえに、大家が鷹揚で催促にこないものだから、いつの間にか家賃が溜まって、八年間住みなれた合羽坂の家も出ていかなければならなくなった。

中央線の線路を越えた向こうの四谷の丘に見つけたのは、麹町区土手三番町（のち五番町十二番地と改称）の家で、八畳、六畳、四畳半に土間の狭い玄関があって、二階が床の間のついた六畳である。家賃三十九円で敷金が百二十円だったけれど、滞納した家賃があってしかたなく引っ越すというのに、そんな金のある道理がない。百閒は雑誌「改造」の一月号に創作を書く約束をして五百円を前借し、東京ステーション・ホテルにこもって執筆した。二週間で書き上げたのが名作「東京日記」九十六枚で、こひにまかせっきりの引っ越しがすんだ新居に百閒が落ち着いたのは、昭和十二（一九三七）年の十二月も二十日を過ぎていた。ところが、二ヵ月もしないうちに、もう家賃が遅れはじめ、合羽坂と違って、今度の大家は強硬で、どう言い抜けようにも、玄関に立ったきり引き取ってはくれない。

昭和十六（一九四一）年十二月に火蓋を切った太平洋戦争は、日に日に敗色を濃くして、昭和十九（一九四四）年十一月からは日本本土への空襲がはじまっていた。そうして、ついに昭和二十（一九四五）年五月二十五日夜半、百閒はＢ２９爆撃機に家を焼かれて、瓦礫の野原に放り出された。隣りの松木男爵邸の隅に焼け残った火の番小屋があって、そこへ這い込むのがやっとであった。

印税の前借をしたお金で、六番町六番地にある松木家の焼け跡十坪半を買い、こひが麹町の女地主というこ とになった。曲折の末、土地の広さと十五万円という予算の都合で、新居は三畳が三つ並ぶ造りになり、小屋に入って三年たった昭和二十三（一九四八）年五月二十九日、百閒は木口も新しい新居に移った。いわゆる三畳御殿のはじまりである。

三枚半の「猫が口を利いた」を最後に、十年の間、「小説新潮」に連載してきた「百鬼園随筆」を終わったのは、昭和四十五（一九七〇）年の夏であった。前年に出た『殘夢三昧』以後の作品を一冊にまとめて単行本にし、題を『日没閉門』とした。その見本を心待ちにしていた昭和四十六（一九七一）年四月二十日夕五時二十分、百閒はこの世を去った。そうして、百閒は冥途の白玉楼へ、最後の引っ越しをしたのである。（「心明堂」「山屋敷の消滅」「古里を思ふ」「上京」「向ヶ丘彌生町一番地」「八重衣」「四軒長屋」「壁隣り」「漱石山房の夜の文鳥」「卒業前後」「搔痒記」「駒込曙町」『續百鬼園日記帖』「年頭の債鬼」「蜻蛉眠る」「面影橋」「他生の縁」「俄に天狗風」「丘の橋」「工面」「長い塀」「何のその」『東京焼盡』『新方丈記』『百鬼園戰後日記』平山三郎『百鬼園先生雜記帳』『詩琴酒の人』）

『百鬼園随筆』

昭和八（一九三三）年十月、三笠書房から刊行されるや、たちまち十数版を重ねて、百閒の文名を世に知らしめる嚆矢となった作品集で、三十四篇を収めている。第一刷の特装本は天金、芹澤銈介・秋朱之介装、因州手織布地染表装、初版一千部限定、各冊番号入り・希望者に限り著者署名という、四六版三百七十ページが二円五十銭の豪華なものであった。その年のうちに初版は売り切れて、背皮特製本となり、何版かを重ねたあとは一円の普及版が出た。

『續百鬼園隨筆』

昭和九（一九三四）年五月、三笠書房から刊行された二冊目の文集である。初版は背皮天金本一千部で定価二円、翌月には布装本が再版されている。二十二篇を収め、谷中安規の自刻自刷りの版画「百鬼園先生撫箏之圖」が口絵として挿入されている。

「百鬼園新涼談義」

昭和四十（一九六五）年九月十七日から二十三日まで、東京新聞夕刊に連載された、戸板康二との対談。『新輯内田百閒全集』第二十二巻に入っている。

『百鬼園戰後日記』

昭和五十七（一九八二）年三月、小澤書店から上下二巻刊行。四六判三百六十六ページと三百六十ページ。各二千六百円。昭和二十（一九四五）年八月二十二日から二十四（一九四九）年十二月三十一日までの日記。

『百鬼園隨筆』『續百鬼園隨筆』

『百鬼園戰後日記』

『百鬼園日記帖』

昭和十（一九三五）年四月、三笠書房から刊行、四六版三百七十ページ、一円七十銭。大正六（一九一七）年七月から八年九月までの日記が収録されている。

『續百鬼園日記帖』

昭和十一（一九三六）年二月刊行された、前項の続編で、百八十五ページ、函入、一円五十銭であった。大正八（一九一九）年十月から翌年十月までと、十年の一、三、八、九月、十一年は八月の数日のみの日記が収録され、末尾に「箏曲私見」が付録になっている。

『百鬼園俳句』

昭和十八（一九四三）年、青磁社から刊行された。津田青楓の装釘、本文コットン紙で百五十ページ、二円七十銭。

『百鬼園俳句帖』

昭和九（一九三四）年六月、三笠書房から刊行された。和本仕立・帙入りの句集で、百二十句を収めている。

『百鬼園夜話』

戦時中未刊に終った全編口述筆記の談話集が、湖山社から刊行

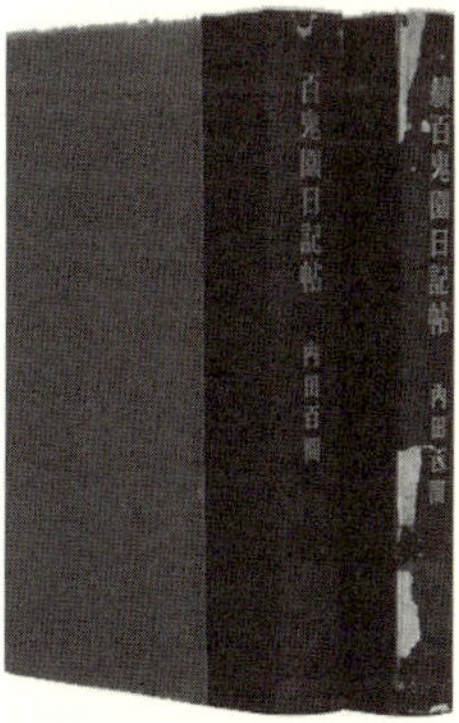

『百鬼園日記帖』『續百鬼園日記帖』

されて日の目を見たのは昭和二十四（一九四九）年六月であった。近藤浩一路装釘、百六十ページ、百円で、本文ざら紙の粗末な造本だったのは、そういう時代というものであったのだろう。

百間川

百間川は洪水よけの放水路であった。室町期に宇喜多秀家が岡山城を築いた際、旭川の流れを城の北から大きく東へ迂回させて天然の堀としたけれど、石垣を越した水が市中へ押し出して水害があとを断たなかった。江戸期に入って、貞享三（一六八六）年に岡山藩第六代藩主の池田綱政が、その対策を郡代津田永忠に命じて作らせたのが、百間川である。津田は熊沢蕃山の「川除の法」に基づき、城から一里半ほど上流の旭川左岸に、増水した川の水を逃がす放水路や、水勢を削ぐための突堤を作った。

川東に広がる町や村、田畑や丘陵群を包むように回って三里余り、下流は児島湾に注ぐ百間川は、その名のとおり幅百間で、いつもは水が流れていない。土手の青草から飛び立った雲雀がちろちろと囀りながら空に揚がって、春には眠くなるような麗らかな景色が広がっていた。

六高で俳句に熱中するようになった百閒は、そのころ一碧楼、六花など数字を冠した俳号が流行っていたところから、この川の名をとって俳号を百間とした。はじめは百間であったが、百閒になったのは、

『百鬼園夜話』

昭和二十五（一九五〇）年の『贋作吾輩は猫である』以後のことで、前年の『戻り道』では両方が混用されていた。間は閒の俗字であるという。

『百閒座談』

昭和十六（一九四一）年六月、三省堂から刊行された。谷中安規の装釘で、四六版二百五十ページ、一円八十銭。対談や座談会の中から自分の座談だけを抽出したもの。

ひよどり会

法政大学に航空研究会ができたのは一九二九（昭和四）年のことだったが、そのころ立川飛行場で訓練した仲間に呼ばれて、会長だった百閒が、こひととともに出かけてゆくのが、この会である。こひも呼ばれるのは、航空研究会の学生たちは、こひが作った大きな握り飯のおかげを被ったからである。春は八十八夜の前後、秋は来年の立春になる前八十八日ころを選んで開かれた。年に二回の催しなのに、摩阿陀会や御慶の会と較べると地味な感じである。（「青空倶楽部」「泣き蟲」）

平山三郎

阿房列車のお伴は、いつも同じヒマラヤ山系こと平山三郎であった。平山は、どぶ鼠だの、ぼおっとしているだのと言われ、「朦朧軒のアンドレ・モロアのモギレフスキー」と呼ばれたり、犬の死んだような鞄を持っているなどと書かれながらも、必ずついていった。よほど汽車が好きだったのに違いなく、また気難しい百閒に心の底から気に入られていたのであろう。

平山は大正六（一九一七）年の東京北区箪笥町生まれ、法政大学日本文学科を出て、東京鉄道局に入り機関紙「大和」を編集していた。昭和十七（一九四二）年の初夏、連載随筆を依頼するために日本郵船の内田嘱託室を訪ねたのが、百閒との付き合いのはじまりである。戦後は日本国有鉄道の機関紙「國鐵」の編集に携わっていた。

平山は稀代の雨男で、阿房列車はいく先々、あるいは二人を乗せた汽車を追うように雨が降っている。『贋作吾輩は猫である』の登場人物、飛騨里風呂は左ブロつまり三郎であって平山三郎である。ほかのものには比良と書いてあることもあった。（「御慶」「阿房列車」、「雷九州日記」「ヒマラヤ水系」「臨時停車」、平山三郎『百鬼園先生雑記帳』『詩琴酒の人』）

ふ

風船画伯

↓谷中安規

深護謨

キッドの深護謨の靴が好きで、学生時代も着物を着て袴をつけ、深護謨の靴を履いていた。今日考えるほど妙な恰好ではなったが、しかし、袴を着けるというのが肝心で、着流しだと牛飼いのように見えたという。深護謨というのは百間の説明によると「倫敦の市長か、枢密顧問官でないと履かないだろう」ということであるが、どうも要領を得ない。足の両横に当たるところが編んだ護謨になっているブーツのようで、日本郵船時代や阿房列車のときなどもこれを履いていた。(「写真師」『百鬼園夜話』)

豚小屋

大正九(一九二〇)年の大学令で法政大学(↓)が発足し、翌年新校舎が建設されて以後、百間や学生たちは旧校舎のことを豚小屋と呼んで親しんだ。(『間抜けの実在に関する文献』「豚小屋の法政大学」)

二日酔い

酒の上での醜態については記さない主義のようであるが、御慶や摩阿陀会、あるいは雑誌などの座談会も、おしまいのほうは朦朧としていたようであるから、二日酔いは茶飯のことであった。(「宿酲」「逆撫での阿房列車」)

『船の夢』

昭和十六(一九四一)年七月、那珂書店から刊行された。織田一磨装釘、四六版

『船の夢』

三百二十ページ、箱入り、二円二十銭であった。三十六編が収録されている。戦後になって再版の話があったと、二十二年（一九四七）年六月九日の日記に記されているが、その後どうなったかは記されていない。（『百鬼園戦後日記』）

フロックコート

男性の昼用礼装。上着はダブルの二つか三つ釦、丈は膝まであり、襟の一部が絹。上着は黒か霜降り、ズボンは縞で白地の立ち襟のシャツにダービーのネクタイ。戦前の百閒は外出するとき、縞のズボンに山高帽子、薄鼠色の手袋をつけていた。士官学校以来のフロックコートが一着残っていて、普段も背広の代わりに着ていた。晩年になってもシャツを着るときは立ち襟であった。↓インヴァネス（「八十八夜は曇り」）

文学報国会

戦争中、日本の文士はみな文学報国会の会員であったが、百閒は入会を断っていた。加入しなかったもの書きは、三人しかいなかったと言われる。

昭和十五（一九四〇）年十月、近衛文麿とその側近によって大政翼賛会が結成された。大政というのは、天皇様のなさる政治というような意味であるだろうけれど、戦争一辺倒の国策に対し、国民こぞって同調し、持ち上げ、おっしゃるとおり――という格好を作ろうということである。ついで、昭和十七（一九四二）年になると「国家の要請するところに従って、国策の周知徹底、宣伝普及に挺身し、以って国策の施行実践に協力する」という目的の下に、文学報国会が結成された。国民どもは喜んで強要され、あるいは無理矢理に引きずられていった、そんな時代であった。

百閒は文学報国会よりも前に、菊池寛の文芸協会から入会を勧められた際にも断っている。太平洋戦争末期の昭和二十（一九四五）年五月、大政翼賛会の解散を聞いた百閒は、もちろん文学報国会もなくなるであろうと考え、文士が政治の残肴に鼻をすりつけてかぎまわっているような団体、と斬って捨てている。（『東京焼盡』「文藝協会に入会しやうかな」）

文章

あの名文をどんな風にして書くのかと聞かれた百閒が、そりゃあ、あんたさん、死にもの狂いですぜ――と答えたという話が、江國滋の「名文に毒あり」（週刊朝日編「私の文章修行」昭和五十四年三月所収）という文に出ている。どうも、本気で答えているようには、思えないところがある。

文章の内容を面白がるということは読者としてたちが悪い、という百閒は、読んで面白かったと言われると、いつでもいやな気がするらしい。自分の目印とするところを目当てに書いているのであるから、面白くても知りませんと言いたい、とも書いている。

しかしながら、すでに文章道に名を為した百閒にしても、まだ進歩し続けているというのは、驚くべきことである。やはり半年前、一年前に書いたものをあとから見ると、まずいと思う。結局そのときより一年半年と上達していると自分で思うことができる――と言っているのは、すべての文章を書く者への警告ではないのか。すなわち、逆に考えて日々の研鑽を怠るとき、文章は退化するということなのであろう。↓三畳の酔訓、中村武志（『「埋草随筆」ノ序」「鬼園の琴」「作文管見」）

文章世界

明治三十九（一九〇六）年、博文館から創刊された雑誌で、田山花袋が編集主任となった。はじめは、実用文の投書雑誌を目論んでいたが、田山らの影響が強く、自然主義文学の拠点と言われた。中学生のころの百閒は、内田流石などの筆名で投稿し、「乞食」が優等入選したのをはじめ、いくつもの小品文が入選した。

へ

べらた

うなぎの子だそうで——と、百閒がめずらしく自信なさそうに書いている。孵化したところは柳の葉のような形の、無色透明の小さな魚で、初夏が食べごろ。芥子酢味噌に苣《ちしゃ》の葉を添えて生で食べる、「しろいを」と同じく水のような魚である。↓白魚（『聯想繊維』）

ペン

百閒は原稿を書くのに、インク壷をそばに置いて、もっぱらGペンのつけペンを使っていたらしく、万年筆よりも使い勝手がよかったようである。万年筆も持ってはいたけれど、それは漱石の遺品であって、机の上に祀ってあったのだが、晩年には雑多な新聞や本の山の中に埋もれてしまった。

文筆家として人に知られるようになって、もらった原稿料の中から、銀座の伊東屋で十四金のペンを買ったのが、つけペンを買ったはじめであったらしい。

それ以来、二十数年経ってもペンの具合が少しも狂っていないのは、原稿を書き終えたあとにペン先をきれいに洗っているからである。このくせは、高等小学校一、二年のときの森谷金峰先生（↓）に、使い終わった筆は水で洗っておかなければいけないと教えられたのが沁みついたものである。

戦後すぐの昭和二十一（一九四六）年八月十六日の日記には、焼け出される前から朝日グラフ記念品の万年筆で書いていたのが、ペン先が引っかかって使えなくなった。そのため、合羽坂以来の金ペンを取り出してまた使い出したとある。この金ペンは前記のと同じものだったと思われる。（『百鬼園夜話』「漱石遺毛その後」「皇太子の初幟」「白映えの烏城」『百鬼園戦後日記』）

べんがら

村山古郷主宰の俳句雑誌。戦後しばらくして百閒の命名で創刊され、頻繁に寄稿していた。ほかに同名のおでん屋、出版社の計画もあったらしい。（「べんがら」『百鬼園戰後日記』「俳聖炳たり」)

遍路

第六高等学校の運動会に、身の丈ほどもある大メガホンを持ち出して、終日大声で応援をしていたら、翌朝、顔を洗い、うがいをして吐き出した水に血が混じっている。家中が大騒ぎをした。医者に見てもらったところ、肺ジストマの疑いと言われて、数十日分の丸薬をもらった。毎日、言われたとおりに養生したけれど、それきりなんともない。そのはずで、大声を出したために喉から血が出たに過ぎなかったのを、医者が誤診したのである。

春休みの前になって、祖母の竹が遍路にいけと言い出した。お大師様に願をかけて、治ったら児島三十三ヵ所の霊場にお礼回りをさせますと、一心こめてお願いをしたというのである。信心深い祖母に押し切られて、そんな気になり、出かけた。高等学校の白線帽をかぶり、袴をはき、藁草履で、杖の代わりに亡父の絹張りのこうもり傘を突き、葡萄酒の瓶を下げて、およそ遍路らしくない格好であった。

瀬戸内の海波をながめ、向こうにけぶる四国の山を見ながら、のんびりと歩いていった。下津井の港町が近い夕暮れの坂道にきて、急に身のまわりが暗くなり、後ろから誰かがついてくるような気がした。宿の油障子を開けて、黒土の土間に足を踏み入れたら、後ろについていたものは、さっと離れた。

十日目に家に帰って、祖母にそのときの怖かった話をすると、それはお大師様なのだ、お大師様がつけてこられたのだ、と言われ、もう一度恐ろしい思いをした。(「遍照金剛」)

ほ

ボイ

男の給仕、すなわち、ボーイを百閒はボイと書いた。漱石の影響であると言われている。

（「花のない祝宴」）

帽子

尋常小学校には制帽はなかったが、高等小学校には制帽があった。岡山の中学校は角帽で、縁に青い筋が入っており、洋服の襟にも青い筋が入っていた。高等学校では白線帽をかぶり、それから大学に入ってまた角帽になった。帝大に入ってしばらくは制服制帽で歩いたが、「世紀末の気分に合わない」というのでやめ、中折れ帽子をかぶって歩いた。

帝大を出て漱石の著書の校正をしていたころは、チェコ・スロヴァキア製のビロードの帽子をかぶっていた。

→インヴァネス

陸軍士官学校の教官時代、服装については特にやかましかった。フロックコートを着ることはしょっちゅうで、帽子は山高帽、少し改まった際にはシルクハットでなければならず、金のない百閒は往生した。シルクハットはどんなに安くても二十円はしたのであるが、そのころの月給四十円ではとても買えない。困り抜いた揚げ句に安物の百貨店である新橋の博品館で、七円五十銭の出物を見つけて買ったけれど、百閒の頭は人並み以上に大きくて入らない。出かける人力車では膝の上に置き、儀式の最中は手に持っていた。

大正九（一九二〇）年に新大学令が出たあと、ドイツ語教授になった法政大学では、帝大のまねをして角帽をかぶるのはやめようという教授たちの意見で、中折れ帽に背広ということに決めた。けれども、休暇中の学生たちは、大学生というものを知らないような田舎へ帰っていくのだから、やはり角帽をかぶって大学生を誇示した。（『百鬼園夜話』「写真師」「黄牛」「絹帽」「西廂雑記」「制服制帽」）

『頬白先生と百鬼園先生』

昭和十四（一九三九）年四月、新潮社から刊行、四六判三百十一ページ、一円四十銭。装釘正木ひろし、十五篇を収録。

法政騒動

法政大学を卒業しながら、学部内に地位を得ようとして果たせなかった者たちが、野上豊一郎はじめ現教授陣を、無能老朽と断定して追放し、自分たちが後釜に座ろうとして策動をはじめた。学生たちを扇動し、英語科の教授森田草平を首魁にかつぎ上げ、学校を二分する大騒動にまで発展させた。結局、「無能老朽」の野上、百閒をはじめとして四十七人が名を連ねて辞職した。漱石門下の森田対野上・百閒の間に癒しがたい傷を刻んだ。

昭和九（一九三四）年のことで、四十五歳の百閒は、前年に『百鬼園随筆』が三笠書房から出て、たちまち十数版を重ねていた。この年、岩波書店から『旅順入城式』が、三笠書房から『続百鬼園随筆』が刊行されたのについで、『王様の背中』『百鬼園俳句帖』『無絃琴』が出ていたが、いよいよ筆一本の生活に入ることになった。（『實説艸平記』「學校騒動記」）

法政大学

明治十三（一八八〇）年に開設された東京法学社（のち東京法学校）と、明治十九（一八八六）年に開校していた東京仏学校が、大正九（一九二〇）年の大学令に基づいて私立の法政大学となった。東京六大学のうちの一校として知られている。現在は東京都千代田区富士見に本部を置き、市ヶ谷、多摩、小金井、静岡サテライトなどのキャンパスがあり、法学部、文学部など十五学部と、十八の大学院研究科がある。百閒は大学開校と同時に、漱石門下の野上豊一郎（↓）に誘われてドイツ語の教授になった。以来、いわゆる法政騒動で辞職するまでの十四年間に多くの学生を教えた。

報道班員

太平洋戦争のとき、陸軍報道班員と称して、画家や文士を戦地へ送り込み、銃後の戦意高揚のために絵や文を書かせようという陸軍の方針で、数多くの画家や文士が、中国大陸や南方の戦線へ派遣されていた。百閒が嘱託をしていた日本郵船でも、外洋航路がだめになって社業が麻痺していたため、人員整理がおこなわれていたが、百閒は無給嘱託ということで残っていた。報道班員に取られるのを避けるためで、自分は会社勤めの身であり、文士としてお役に立たないという顔をしていたかったのだという。(「一本七勺」)

『北溟』

昭和十二(一九三七)年十二月、小山書店から刊行。谷中安規の版画による装釘だが、箱なしで小口の断裁されていない造本は、当時の普及版といったところだったらしい。三十七篇が収録されている。

墓所

百閒の墓は、岡山市を流れる旭川の東岸、国富三丁目の真言宗禅光寺安住院にある。内田家は天台宗であると書かれていたが、少年のころの百閒が、毎年の秋の宵、祖母の竹に連れられてお十夜に通った檀那寺は、岡山寺と言って市中にあったはずである。

天台宗金光山岡山寺はやはり岡山市磨屋町にあって、いまも内田家の菩提寺である。岡山市役所によると、大正のころに市条例ができて、市中の寺院は墓地を持つことができなくなり、だからと言って代替地が下げ渡されたのではなかったから、檀家はそれぞれの才覚で墓地の引っ越し先を見つけなければならなくなったという。ただし、空襲のためにこの記録は焼失していて、詳しいことは判らない。内田家の墓所も、その折りに郊外の安住院に移ったのだと、岡山寺のご住職藤本賢一氏は言う。

かつては塔中に八ヵ寺もある広大な寺域を誇っていた岡山寺は、古京の内田家からはかなり遠い。京橋で旭川を渡ると、橋本町から西大寺町の手前で右に曲がり、内山下から上之町と中之町の間の少し狭い道を西へいった二キロ余が、かつての道筋であった。

百閒の墓はもう一つ、東京都中野区上高田の曹洞宗金剛寺（↓）にある。金剛寺の住職剛山正俊（↓）が、かつて法政大学で百閒のドイツ語の学生だった縁である。

安住院では、墓地の向かって左側奥に内田家の墓所がある。入り口の墓石が百閒と妻清子、長男久吉の墓。それから奥へ父久吉と母峰、祖父榮造と祖母竹の墓と並び、さらに奥の一基は曽祖父利吉と曾祖母の墓である。四代にわたる墓が横一列に並んでいることになる。（『たらちをの記』「お十夜」『東京焼盡』）

菩提寺

↓墓所

ま

摩阿陀会

昔教えた学生が百閒の還暦を祝ってくれたのは、昭和二十四（一九四九）年の十月二十八日であった。虎ノ門の晩翠軒に十九人が集まり、主治医の小林安宅先生が陪席した。

北村と多田基、それに同じ法政でもずっと後輩の平山三郎の三人が肝煎りになって、百閒の誕生を祝う会が行われることになったのは、還暦祝いの大騒ぎをまたやろうという趣向にほかならなかった。第一回は翌年の五月二十九日、新宿の武蔵野ビアホールを会場にして、会費一人千五百円で約四十人が集まった。昨年還暦のお祝いをしたのに、まだ生きているという意味で、摩阿陀会という名称にした。知らない人が字面だけ見たら、お坊さんの会かと勘違いしたかも知れなかった。宴席が乱れてから小用に立ってもどってみると、小田急の重役北村猛徳が仏役になって椅子に寝ころび、百閒の告別式の予行演習をやっていた。

大ジョッキになみなみと満たしたビールを、百閒が一気に飲み干してからはじめるのが恒例になったが、いまはの際に脈を採って臨終を宣言する小林博士と、告別式を司式し引導を渡して、百閒を冥途へ送り届ける金剛寺の剛山猊下が両側に座るのが、これも恒例となった。(「華甲の宴」、『百鬼園戰後日記』)

前掛け

百閒は商家の生まれだから、前掛けには馴染みがあり、岡山の方では前垂れと言っていたが、物心ついてから尋常小学校のはじめまでは締めていた。しかし、長じてからの前掛けは、実は師の漱石のまねである。

そのころ山房に集まる漱石崇拝者たちは、師のまねをする者が多かった。漱石がすっている煙草が朝日だから、みんなが朝日をすい、師が笑うときには鼻の横にしわが寄るというので、わざわざしわを寄せて笑う者もいた。小宮豊隆は漱石と同じセピア色のインクを使った。それで百閒は、漱石が執筆中にしていた前掛けを締めるようになったのである。(「前掛けと漱石先生」)

味噌汁

東京帝大の学生になって最初の、下谷七軒町の下宿でのこと、はじめての朝食のお膳に座って、お椀のふたを取ったら、赤味噌の汁の中に南瓜が浮いていたので肝をつぶした。郷里の備前岡山では朝の味噌汁は飲まない習慣である。たまにお膳に上ることがあれば、鰆の汁などのご馳走であって、決まって白味噌仕立てだという。まして南瓜の汁などは、よほど貧しい家でも出さない。

いったん帰郷して再上京してから、根津権現を見下ろす坂の左側の西洋館の下宿では、おばさんが自慢らしく取っておきのお椀で出してくれたのが鯉こくで、またも度肝を抜かれる。お椀の蓋を開けて見ると、お椀一ぱいになる程大きな鯉の首が入っていて、味噌汁の中から白い眼を剥いているので、ぎょっとしてまた蓋をした。

敗戦後一年になろうとする昭和二十一（一九四六）年八月三日の日記に、百閒は、きゅうりの味噌汁をはじめて味わったと書いている。きゅうりがたくさんあったので、こひが味噌汁に入れて見ようと言ったらしい。近所でもそうしていて、おいしそうですと言うから、少々気味が悪かったけれど、食べて見たら案外で、下谷七軒町の南瓜の味噌汁より数等うまかった。(「上京」「鯉の顔」『百鬼園戰後日記』)

三谷の金剛様

岡山駅から上り方向へ二つ目に萬富という駅がある。百閒が小学校高学年のころできた駅だったようであるが、その駅から山のほうへ入った所に、三谷の金剛様があった。神体は金剛童子であるが、百閒が祖母の竹につれられてお参りをしたころには、神か仏かも判らなかった。とにかく信心深い竹の言うままに、わけも知らずにいったのである。はじめのときは人力車の二人乗りをしていったが、二度目からは木の間がくれに吉井川の流れが見える道を歩いていていった。百閒は、竹がなにを祈っているのかを知らなかったが、ほかならぬ百閒の行く末を案じてお願いをしていたのである。そのことを知るのは、百閒も歳を取ってからであって、こひが病気になり、手術を受けなければならなくなったときのことである。こひの全快を願っている百閒の心に、三谷の金剛様が浮かび、あのときは、と気づいたからであった。(「三谷の金剛様」「通過列車」「麗らかや」)

峰

百閒の母となる峰は、岡山の市中を流れる旭川の川西に、浜田町という黒砂糖の匂いのする菓子問屋の町があり、そこで元治元(一八六四)年に生まれたようである。母の名は判らないけれど、父は志保屋の二代榮造であった。造り酒屋志保屋を大きくしたのは、この榮造だから、すでに大層な羽振りだったのだろう。毎日夕方になるといそいそと出かけた。懐の紙入れには、きょうも女房の竹が入れてくれた二円五十銭がある。

浜田町の峰の母も、榮造のいい人の一人だったわけで、峰が少女になったある日、榮造とその女性との間で話がついて、峰は志保屋の娘になることになった。

志保屋の娘になってからの峰は、それこそ蝶よ花よと育てられて、それまでとは違ったぜいたく三昧、長じて二十歳のときに、網ノ浜花畑の福岡家から久吉を婿に迎えた。そうして、二人の間に生まれた一人っ子がのちの百閒で、前の年に死んだ祖父の名をもらって榮造と名づけられた。

百閒が第六高等学校のころのある日、竹が買ってきた麻裏草履をめぐって、百閒と竹が口論になり、それがだんだん激しくなって、峰が止めに入ったのに少しも収まらない。おろおろした峰は百閒に向かって、つい口走ってしまう。「私はおばあさんの子ではないんだよ。だから、どうかここはおばあさんを立てておくれ」。

百閒はあっけにとられたけれど、口論はどういう決着を見たのか、とにかく百閒が折れて終わった。百閒は峰に、いつか私がお母さんを探してあげましょうと約束したのに、それっきりで、浜田町へも足を運ぶということはないままに終わった。

百閒に対する峰の可愛がりようも大変なもので、もうかなり大きくなってからの百閒のお目ざに、毎朝、夏みかんを絞ったジュースを欠かさなかったらしい。

　久吉の代になって店はますます栄え、蔵を一つ建て増したくらいだから、峰の身にもぜいたくが染み着いた。けれども、久吉が脚気衝心で死んで志保屋が没落してからは、竹とともに百閒の家族として、思っても見なかった貧苦の味を、これでもかというほどに味わうことになった。あまつさえ、百閒が妻子を置いて家を出たあとは、暗い家の中に嫁の清子とともに取り残されて、どうにも肩身が狭く、ひっそり暮らすしかなかった。中風で倒れて数年寝た昭和十（一九三五）年八月十七日、小石川小日向台の清子の家で、波乱に富んだ七十一年の生涯を終えた。（「目出度目出度の」「枝も栄えて」「松笠鳥」『たらちをの記』）

耳

　漱石に向かって、先生、私の耳は動きます、と自慢したことがある。子どものころ母の峰に叱られて、一方的なのに腹を立てた。湯殿に入ってぎりぎりと歯軋りをしているうちに、顔中が動き出すような気がしたので、鏡台に写してみたら耳が動いていた。このときにこつを握ったから、それからも耳は動いたという。（「立腹帳」）

宮城道雄

　生田流箏曲の天才的な奏者で、のちに東京音楽学校教授や芸術院会員にもなる宮城道雄は、大正六（一九一七）年二十三歳の年に、尺八の吉田晴風に呼ばれて朝鮮のソウルから上京していた。大正九（一九二〇）年五月十六日、本郷の中央会堂で開かれた第一回自作箏曲発表演奏会は、百閒も聞きにいって深い感銘を受けた。

旧知の葛原しげるの紹介によって、宮城に会ったのはその月の二十七日であったが、一目見ただけで感じのいい男だと思った。それからというもの百閒は牛込区払方町にある宮城の家へ足繁く通い、琴の稽古をつけてもらうようになって、宮城作曲の「唐砧」を習ったのをはじめ、若いころ憶えて忘れかけていた曲をつぎつぎとおさらいしてもらった。百閒の方が五歳年長であったが、どこか馬が合ってお互いすぐに打ち解け、一緒にお酒を飲むようになると、だんだんに稽古よりもそっちの方がおもしろくなった。

宮城の目は左が飛び出してつぶれ、白くなっている。夏の夜寝ていると、飛び出した目玉に蚊が止まって食う、と言った。神戸にいた七歳の折りに失明してから目が不自由であったが、目についての冗談が好きで、頻繁に口から泡を飛ばして駄洒落を言った。議論になったときなどは、いえいえ、わっしの目の白いうちはそんなことはさせません、と笑った。

若かったから、どちらもおふざけが好きで、なんでもひっくり返していう言葉が二人の間だけで通用した。きょうは、クヤチョウキタクショマエで下りたのです、と言えば、牛込肴町にある市電停留所で、北町区役所前ということである。鉄筋コンクリートをコッキンテンクリート、メンデルスゾーンのコンチェルトをコンデルスゾーンのメンチェルトと言ったりしては他愛のないことを喜んでいた。今度はハマクラカムで一杯やりましょうと言えば鎌倉ハムのことで、海軍機関学校の勤務のある金曜日、横須賀の帰りに百閒が折詰めを買ってきて以来、二人の病みつきになっていた。

一緒にお酒を飲んで酔っ払うと、百閒が長っ尻なものだから、宮城の家の人やお弟子もみんなさきに寝てしまう。百閒は帰り際に障子や襖を片っ端からはずして、みんなの布団の上に乗せていったり、玄関で軒の電灯のねじ釘をわざわざ外して電球をひねり、また元のように覆いをして帰ったりした。百閒が学生たちと外でお酒を飲んだ帰りは、遠回りでもいいとわずにやっていって、ステッキに竹竿をつないだので、宮城の寝ている二階の雨戸をノックした。いたずらをしたつぎの日はおもしろくてたまらないから、みんなさぞかし驚いているだろうと思っていくけれど、宮城は知らん顔をしている。実は悔しいから黙っているのだが、期待はずれの百閒は、いつも我慢できずに自分の方から言い出して笑い転げた。

北海道へ旅行したときは、偶然にも青森で宮城道雄の演奏会があるのを知ると、むらむらといたずら心を起こして青森まで出かけた。楽屋にお邪魔をして、その夜は知らない土地を訪ね歩いて牛鍋を食うことになった。お酒に陶然となった宮城がなにか弾きたいと言う。店の奥で見つけたおもちゃの三味線を百閒が持ってくると、それを手にとって機嫌良く弾き出したのは良かったけれど、宮城夫人がお冠でぷりぷりとし出した。お座敷芸人ではあるまいし、場所柄をわきまえなさいと言うのだが、宮城は水をかけられておもしろくない様子である。ついに夫婦喧嘩になって、むくれ返った宮城をつれ、百閒が手

まーも

を曳いて夜道を歩いていったら、道端にとうもろこしの焼いたのを売っている。それを一つ買って百閒が捧げ持ったのを、目の前に立った宮城が、こうもり傘を思いっきり振り回して、真っ二つにたたき割った。破片は道も知らない青森のどこかへ飛んで消え、二人の大きな笑い声が夜の闇の中に響いた。

その宮城道雄が急行列車「銀河」から落ちて急逝したのは、昭和三十一（一九五六）年六月二十五日であった。「昭和三十一年六月二十四日の朝、大検校宮城道雄は死神の迎へを受けて東京牛込中町の自宅に目をさました」という一行ではじまる「東海道刈谷驛」という文章は、宮城が家を出てから死に至るまでと、その後を綴った重苦しい作品である。（『百鬼園戦後日記』「阿里山の霧雨」「旅愁」「東海道刈谷驛」）

夫婦箸

早稲田ホテルに隠れていたころ、こひが持ってきた象牙の夫婦箸一組は、合羽坂の家に移ってから日常的に使っていたが、五月二十五日夜の空襲で、焼け出されたときに持ち出すのを忘れ、失ってしまう。その後の六月になって早々、大橋古日が新しいのを持ってきてくれたが、食べ物が満足にないころで、すき焼きの鍋に突っ込むようなこともないだろうから、同じ象牙であっても、前の箸のように飴色に色づくには時間がかかるだろうと想像した。（『東京焼盡』）→象牙の箸

麦こがし

麦こがしは、はったいの粉とも、香煎とも言い、岡山のほうでは炒り粉と言った。粉のままで食べるのと、湯でこねるのと二通りの食べ方がある。昭和三十四（一九五九）年十一月ころ、百閒の朝食は麦こがしであった。

名文家として世に知られてからのちのことであるが、百閒は一日一回夕食にしか、ちゃんとした食事を摂らなかった。だから、朝食は新聞を見る前に、りんごやなしをかじったりビスケットを頬ばり、牛乳を飲むという程度であった。うまいとなれば、それればかり続ける百閒のことだから、毎朝麦こがしが食膳を賑わしていた、という時期があったのだろう。もっとも、こんなものを山ほど食う人はいないから、賑わすというほどではない。（「支離滅裂の章」「百鬼園日暦」）

無給嘱託

日本郵船の嘱託をしているうちで、戦争末期の統制の厳しい時期、自分から申し出て無給嘱託という形にしてもらった。身辺がきな臭くて物騒だから、月給取りの顔をしていようと思ったのは、そのころ文士にしきりと軍からの呼び出しがあり、報道班員（↓）と称して戦地へ送られていたから、それを避けようとしたのである。しばらくのちに有給にもどしてもらったのは、暮らしが立たないからであった。百閒は日本郵船のほかにも日本放送協会や交通公社の嘱託もしており、こちらのほうは出勤なしで、給料日だけ出社していたようである。この時期は原稿料や印税の収入がなかった。（「病歴」）

『無絃琴』

『無絃琴』

昭和九（一九三四）年十月、中央公論社から刊行された三冊目の文集である。三十三篇を収め、天金函入り、小杉放庵装釘。

蟲

百閒は虫の声が好きで、いつもうっとりと、目をつぶって耳を傾けていたようである。

その昔の岡山で、川西の繁華な街中に、武ノ内という本屋があって、漱石の「猫」の寒月さんが見た本屋と同じように、天井からヴァイオリンを吊るしていた。その店の横に鈴虫や松虫を売る店が荷を下ろしていた。武ノ内の横町のほかに、もう少し京橋寄りの紙屋町へ入ってゆく新町の広い横町にも出ていたが、新町のは門田屋敷から来る虫屋で、その虫屋の家へも虫を買いにいったことがあった。

門田屋敷というのは旧幕時代の武家屋敷であるが、その虫屋というのが雀刺しもやる士族であるという。没落してのちの苦しい生業だったのだろうと、想像することができる。

店を閉めたあとの志保屋では、人のいなくなった蔵や母屋の縁の下に鳴く、大浪がうねるような、こおろぎを聞いている。百閒は虫の声に淋しさや悲しさを聞いているように思われ、郷愁が百閒の心のどこかに触って、彼を虫好きにさせているかのようである。（「身辺と秋筍」「古里を思ふ」「蟲のこゑごゑ」）

『無伴奏』

昭和二十八（一九五三）年五月、三笠書房から刊行、四六判二百六十ページ、箱なし、二百五十円。カバー装画は林武。十六篇の文章と座談会「豚小屋の法政大学」を収める。

村上芳樹

中学のときの地理の先生。授業中に目をくりくりさせるところから、塩鯛とあだ名した。世界中の大河の名前など、いろんなことを生徒に丸暗記させた。その昔の瀬戸内海の海賊・村上水軍の末裔で、家には当時の操船方などの古文書が残っていた。（「先生根性」「海賊大将軍」「跡かたもなし」「村上流船行要術」）

村山古郷

日本郵船社員だった、「東炎」の俳人。太平洋戦争末期の昭和二十（一九四五）年一月、三十六歳の身ながら招集されて、横須賀海兵団に入隊した。入隊の前夜、百閒は市谷加賀町にあった東炎山房を訪ねて別杯を交わしている。村山は無事に帰って、戦後は俳句雑誌

「べんがら」を主宰した。（「十六夜」「俳聖炳たり」）

め

『冥途』

百閒初の著作集である。大正十一（一九二二）年二月、東京早稲田の稲門堂書店から刊行された。大正五（一九一六）年ころから十（一九二一）年にかけて執筆、雑誌「東亞之光」や「新小説」に発表したのをまとめたもので、十八篇の短編が収められているが、四百字詰めでわずか八、九枚の短章から、長くても二十八枚である。百閒の注文で四六版変形、濃い鼠色の布装本に、背文字には書名の二字があるのみで著者名がない。そのうえ、目次にも本文にもノンブルも柱もないという無愛想な本にできていた。発行の翌年・大正十二年の関東大震災のために紙型などが消失したため、のちに『百鬼園随筆』が刊行されて好評を得、十数版を重ねた翌年の昭和九（一九三四）年になって、三笠書房から再刷版が刊行された。

眼鏡

生涯眼鏡とは縁が切れなかったようで、第六高等学校のころにはすでにかけていた。箏の拍子をとるのに夢中で、道を歩いていて荷車の梶棒にぶつかり、眼鏡を壊している。

床屋の椅子に座ると、前の鏡に薄白いものの輪郭が溶けたように見えるのが、自分の顔だったというから、かなり度のきついものをかけていたと思われる。

銀縁の眼鏡をかけていたのだが、金縁をかけている森田草平に、銀縁はおよしなさい、みっともないだけでなく、はずしたあとに黒い形がつくと言われて、陸軍士官学校の給料をもらった日に、烏森のガードに近い眼鏡屋で金縁を買った。ところが、店の主が、風邪をひいていたらしく、百閒が感染しただけでなく家中にうつし、翌日から四十度を越す熱が出て、大変なことになった。

太平洋戦争の末期には、眼鏡の度が合わなくなっても久しく放っておいたらしい。若いときからの近眼が年齢を重ねて老眼になったようで、家では机やお膳の前でもかけなくてすむことになった。しかし、外出するには不便だから、眼鏡屋へいって玉を取りかえようと思っても、そこいらじゅうが焼け野原では、どこ

『冥途』

に眼鏡屋があるのか判らないご時世になっていた。

戦後すぐのことであるが、毎日新聞の座談会に出席しての帰り、築地の入り口辺りにある小料理屋から電車道へ出て、停留場の安全地帯に立っていたら、不意にばたっと倒れて眼鏡を壊し鼻にけがをした。すぐに立ち上がってタクシーを呼び止めたが、停まりかけて百閒の顔を見ると、そのまま走り去った。

戦後間もないころのこと、桜菊書院の夏目漱石賞選考委員の顔つなぎの会が築地の田村であり、お酒麦酒どのくらいか覚えなし——というほどいい気持ちになり、眼鏡をなくした。何日かして桜菊書院へいったが、眼鏡のことは判らずじまいなので、帰り道に四谷見附の浅倉眼鏡店で新しいのをあつらえた。百二十円払ったそのあとで、桜菊書院の社員が追ってきて、顔つなぎの会のあと、百閒の眼鏡は同席した林房雄が鎌倉へ持って帰ったと知らせてきた。そのため、その若い社員を浅倉眼鏡店へいかせて、さきほどの注文を取り消した。結局、何日かあとになって、林房雄の持っていた眼鏡と浅倉眼鏡店へ払った代金が、桜菊書院の女子社員の手で届けられた。(「六段調」『実説艸平記』『東京焼盡』「輪舞する病魔」『百鬼園戰後日記』)

メロン

百閒には、けっして忘れてはならない、忘れるはずのない悲しい思いがメロンにからんでいて、慶応の高等部に学んでいた長男久吉の夭折以来、生涯を通じてメロンを食べなかった。そのころ、身に迫る高利貸の取り立てと、苦しい暮らしの日々のために、蝕まれてしまう文学への志に耐え難く、百閒は一人家を出て、市電の早稲田終点に近い安宿に息を殺していた。久吉の肺炎が重いという知らせに、目白台の家までいったら、苦しい高熱の床から久吉が言う。お父さんメロンが食べたい。病状がそれほど差し迫っているとも思えなかったから、久ちゃんメロンは高いんだよ、夏みかんにしておきなさいと、取り上げないでいると、それから三日もしないうちに病状が急変して、久吉は閉じた目を開かなくなってしまった。

そうして、百閒は生涯メロンを口に入れないと誓うことになる。宴会でデザートに出ても手をつけず、もらいものは他所へ回し、遠慮のいらない相手からのものだったら、別のものと取り替えてもらう。しかし、そんなことは、忘れたことのない久吉の姿がメロンの上に浮かぶことに較べれば、なにほどのことでもないのに違いない。(「亂れ輪舌ＦＯＴ」)

面会日

百閒が面会日を設けたのは、昭和四(一九二九)年に合羽坂に移ってからである。『百鬼園随筆』で世に出て、引き続き『旅順入城式』などつぎつぎと印税も入り、手許や身の回りが少しゆっくりしてくると、もともと人を呼んでご馳走をするのが好きだから、お膳の周辺がにぎやかになった。それに、用事のある人よりも、ない人の方を歓迎するとあっては、人がこない方が不自然である。とはいえ、雑誌や新聞の仕事が忙しくなってきたから、一切を面会謝絶にし、面会日を設けることにした。漱石先生にならって毎週木曜日というのは多過ぎるから、月二回として一日と十五日の夕方からに決めた。友人・知人には通知のはがきを出し、玄関には「忙中謝客」の張り紙をしたが、それでも入ってくるのがあるから、別に「面会謝絶」と朱書きしたのを入り口に貼った。面会日をはじめて見ると、夕方からだから、ちょうど時間がおあつらえ向きで、用事のあるなしに関係なく大宴会になってしまう。

昔の学生もやってくる。金矢忠志や中野勝義はしょっちゅう座っていた。金矢は大酒飲みで、いつでも機嫌のいい男である。杯を持って飲みはじめると、根が生えたように落ち着いて、帰る素振りを少しも見せない。そこへ後輩の中野がやってくると、同じ騒ぎでも険悪な雲が立ち込めてしまう。中野も金矢に負けない酒豪だが、酒癖がよろしくなかったので、いつかなどは金矢にうるさがられて、表へ放り出された。（「鬼苑日記」「馬食会」「翠仏伝」「宿酲」「空中分解」「アビシニア國女王」）

も

盲学校

小石川区白山御殿町にいたころ、近くに盲唖学校があって、銭湯へいくと生徒たちによく会った。それから十年ほどして、区内の雑司ヶ谷に引っ越してみると、不思議な縁というか、盲唖学校から分離してきていた盲学校の前であった。

雑司ヶ谷は市部と郡部に跨っているが、新居はぎりぎりのところで市部であった。大学病院の分院と盲学校があり、今度の借家は塀の切れ目の前にあった。家の脇にある横道を入れば、突き当たりは大町桂月の家で、しばらくして子どもたちが遊びにいくようになったら、酔っ払った桂月先生からいろんなものをもらってきた。

新居は広かったけれども古いらしく、畳があちこちで波を打っていたし、柱などは傾いて障子との間に隙間があった。風の吹く日には二階の床がゆらゆらと揺れた。

辺り一帯は盲学校の存在になれていて、自動車が走ってきても盲人の生徒は立ったままで、車の方からよけた。事情を知る人力車は、先に合図をして生徒を立ち止まらせ、横をすっと抜けるといった風で、それがごく馴染んだながめになっていた。

寄宿舎にいる生徒は、近くのミルクホールや蕎麦屋などに出入りし、夜になれば酒に酔ってふらふらと道を歩いた。閉まっている校門をよじ登っては、すべるように構内に消えてゆく。のちに百閒は、この光景を素材に「東京日記」の一篇を書き上げている。

秋の運動会には近所のよしみで招かれたから見にいった。普通の運動会とは趣きの違うところがあったが、低学年の番組を見ていたら、手に手に日の丸の小旗を持って行進し、「白地に赤く日の丸染めて　ああ美しや日本の旗は」と可愛い声で歌を歌ったので、腹が立って、泣きたくなった。

関東大震災のときは、最初の揺れで瓦が全部落ちたために倒壊はまぬかれたが、盲学校の校庭に避難して不安な夜を過ごした。百間は北海道旅行にいくために家を出たばかりのところで大地震に遭い、急いで引き返していたから、ポケットには大金が入っていたけれど、使いようがなかった。（「雀の子」「清香記」「アジンコート」「年頭の債鬼」）

『戻り道』

昭和十九（一九四四）年七月、青磁社から刊行。四六判二百三ページ箱なし、二円六十銭。装釘は谷中安規で、全編に木版の駒絵を挿入。表紙は紙装、本文用紙はざら紙。戦中最後の文集であったが、戦後になって昭和二十一（一九四六）年七月に札幌青磁社から、表紙とカバーの絵柄だけを新しくして刊行された。十二円。時代が時代でもあっただろうが、印税の支払いが悪く、少しずつだったことが『百鬼園戰後日記』に見える。

『戻り道』

森田晋

森田元子画伯の義弟に当る、百間の学生。百間の依頼で宮城道雄検校のもとに通い、日本の古典文学を読んで聞かせた。（『鬼園漫筆』）

森田草平

岐阜県出身の作家、翻訳家。本名米松。夏目漱石門下では異色の存在であった。第一高等学校から東京帝国大学英文科を卒業、いったん帰郷しながら、漱石の『草枕』に感銘を受けて上京したのち、平塚らいてうと心中事件を起こした。それを題材に書いた『煤煙』が、漱石の推薦で朝日新聞に連載されて出世作となった。

漱石門下では、比較的に百閒と親しく、よく面倒を見てくれたほうであった。金を貸したり、一緒に借りたりもした。大正九（一九二〇）年に法政大学教授となったが、学内紛争では担ぎ上げられて首魁となり、野上豊一郎や百閒ら多くの教授を追放した。しかし、結局は自身も大学を去ることになる。晩年は日本共産党に入党した。

森谷金峰

百閒が高等小学校のときの受け持ちの先生。すでに名のあった書家で、筆を使ったあとは必ず洗うなど、こまかいことにまで影響を与えている。動物の耳は頭についているものとは限らない、アンプリオピリススピリヤスは足に耳がついている、と言って難しい名前を暗記させたりした。（「先生根性」）

門

門が閉じても、月光がもれるさまから、すきまの意味を表す——と『漢語林』（大修館書店）にあるのが、ほかならぬ百閒の「閒」の字であって、門と百閒とは深いつながりがある。

玄関わきの柱に「世の中に人の來るこそうるさけれ　とは云ふもののお前ではなし」（蜀山人）、「世の中に人の來るこそうれしけれ　とは云ふもののお前ではなし」（百鬼園）という歌を、はがき大の紙に書いておいたのだが、これがたびたびはがされてしまう。そこで玄関の戸には「面会謝絶」の札を貼って、それでも効き目のない相手もあり、かつ、人のくるこそうれしけれという気持ちもあるので、考えたのが「日没閉門」である。有楽町の名札屋に注文して、瀬戸物の表札に「春夏秋冬日没閉門」と書いてもらったのを門前の柱にかけた。

ところが、閉門時を過ぎているのに門の辺りに物音がする。怪しいと思って出てみたら、出前を取った西洋料理屋の若い衆が器を下げにきたのだと判った。どうやら門扉わきの柱をよじ登って前庭に侵入したらしい。店の主と電話で口論になり、金輪際出前を頼まないことにしたけれど、お膳の上がさびしくなって、困ったのは百閒の方であった。

第四回摩阿陀会のあいさつで、門のわきに柳を植え、これで首をくくって寿命に逆らう決意をしたと言ったら、ぱちぱちと手をたたいた者があった。

昭和三十四（一九五九）年一月号から十年の間、「小説新潮」に連載してきた「百鬼園随筆」を終わったのは、昭和四十五（一九七〇）年の夏であった。「猫が口を利いた」という三枚半の掌編が最後であった。その前年に出た『残夢三昧』以後の作品を、すべて集めても百七十五枚しかなかったが、まとめて単行本にすることになり、『日没閉門』と題した。（「日没閉門」「門の柳」「門の夕闇」『地獄の門』平山三郎『詩琴酒の人』）

や

八代

鹿児島へ旅行したとき、帰りはぜひ球磨川の沿岸を走る肥薩線に乗って、と勧められて、一晩泊まって明朝東京へ帰るつもりで八代駅へ降りた。そういうつもりではあったが、松浜軒と言う宿が気に入って、以来何回も八代へいくことになる。旧藩時代の藩主の別邸だったというその旅館が気に入ったようであったが、実は宿にいる接待の女性がお気に召したのだという説もある。(『鬼園漫筆』『阿房列車』)

柳検校

三島由紀夫が『作家論』の中で柳検校のことを、「百閒自身永年習つてゐる琴の師匠宮城道雄をモデルとしたかと思はれる」と書いているのは、これは明らかな誤解である。柳検校は、百閒が高等学校のころの琴の師、池上伊之検校を念頭において創作したものだと、百閒の書いた文から推測することができるからである。

柳検校は女学校で琴を教えており、彼がほのかな想いを寄せていた英語教師の三木さんは、関東大震災の前日に横須賀へ出かけたまま、大地震後も帰ってこない。実在の池上検校は岡山の高等女学校の先生であり、百閒が会った池上検校の美貌の女弟子は、東京の音楽学校出の教師であったが、大地震の際、横浜の伊勢佐木町へいったまま帰ってこなかった。だから、三木さんの原型がこの女弟子であることに間違いはなく、柳検校は池上検校をモデルとしていると断言していい。

池上検校は、その時分まだ身分が残っていた士族の出で、鼻下に八字髭を生やし、凛とした人格者であったらしい。市中にあるその家まで、京橋川（旭川）の東にある百閒の所からは、京橋を渡って自転車で通った。↓「残月」（「雲のびんづら」「五段砧」、三島由紀夫「柳検校の小閑」評）

山のおばさん

祖母竹の出身地、平井村から出てきた、木林石という遠縁のおばさん。志保屋が町外れに持っていた、山屋敷と呼ばれる山荘にはじめは住んで、のちに町中の志保屋の近所へ出てきた。箱膳の引き出しに、かさかさに乾いた梅干の種、もぐらもちの爪のついた手首、干からびた鵜の喉をしまっていた。梅干の種はなんにするのか判らないが、もぐらの手首は、どこか痒いときにこれで掻くとすぐ治り、鵜の喉は食べ物がつかえたときに、この管で水を飲むと通ると言われていた。（「山屋敷の消滅」）

ゆ

浴衣

百閒は薄着が好みで、冬でもワイシャツをじかに着て肌着を着けなかったそうで、その分、浴衣にはずい分と馴染みがあったようである。合羽坂の家にきてからは、南の廊下は中庭に面していても、狭いすぐ向こうが大家だから、一日中日が射さないので暗くて閉口した。冬などは朝から電気をつけて、小さなガスストーブと電気ストーブを置き、火鉢にはかんかんに炭火をおこした。こうしていると、狭い家だからすぐに部屋中が暖かくなって、浴衣一枚で暮らせる。別に着るものがないというのではなく、ただ薄着が好きというだけであったが、寒中に不意の来客があって出ていくと、おかしな顔をされた。

夏の間は、やはり風通しが悪いから、道に面した窓を開け放って目隠しも兼ねた簾をつるし、その陰に置いた椅子に座って、表をながめては時を消した。客があったときも、今度は浴衣で怪しまれることはないはずであったが、こらえ性がないものだから裸になっており、どうにもしようがなかった。

まだ若かったころ、学生を一人つれて北海道旅行をしたときに、車中でズボンの縫い目が離れ、肌が露出してしまったため浴衣に皮のベルトを締め、赤皮の編み上げ靴という姿で上陸した。お金はたくさん持っていたのに相手にされず、汚らしい宿にしか泊まれなかった。(「百鬼園夜話」「丘の橋」「秋を待つ」「旅愁」「海峡の浪」)

湯たんぽ

ブリキなどの金属か陶器でできた、洗面器くらいの大きさの小判型をした容器で、表面に特徴的な肋骨状のでこぼこがあるのは、熱をよく伝えるためである。栓を開け湯を容れて布で厳重にくるみ、寝床の足許に入れておくと、朝までほかほかと暖かく、寒い夜であってもぐっすり眠れる。明朝になれば湯を洗面器に空けて顔を洗ったりすることもできる、まことに重宝な冬の道具が、湯たんぽであった。百閒の若いころは、汽車の中にも冬の間は湯たんぽが置かれていたようである。

湯たんぽで火傷した所を、甲君が編み上げ靴の上からしきりにかじった。それを見た百鬼園先生は、物理の教授に、水から火を出すことはできるのかと聞いてみた。そんなことはあり得ないという返事であった。だが、百鬼園先生は承知しない。こたつの火が強すぎると布団がこげるように、湯たんぽが熱過ぎて火事になることはないのか。つまり、湯たんぽの熱を高くすれば、煙草に火をつけられるはずである、いや、つくべきだと食い下がった。議論は曖昧に終わってしまったけれど、納得のいかない百鬼園先生に、数学の教授が教えた。水は物質で、火は現象である。

このとき、百鬼園先生の頭に、雷鳴とともに閃いたものがあり、先生は、金は物質ではなくて現象である、従ってこれを所有するということは、一種の空想であり、観念上の錯誤である——という深遠な境地に到達したのであった。(「洋燈と毛布」「百鬼園新装」)

よ

妖怪

百閒は、信心深い祖母に猫可愛がりにされ、ご飯粒を踏みつぶせば目がつぶれる、嘘をつけば尻に松が生える——と教えられて育った。狐に化かされたり、狸が崇ったという類の話は、身辺に腐るほどあった。だから、信心深いのではないにしても、帝大で身につけた近代的な教養はそれはそれとして、超自然的なものの存在を信じているところがあった。

若いころばかりではない。たとえば、三十年前の写真を見ての回想である「古写真の十三人」では、写っている者たちに若死にが多いのを、「十三人という数が讖《しん》を成した」のだと書いている。ここに「讖」というのは予言という意味である。

縁起をかつぐところもあり、長野初の死の前には、初からもらった雲丹が腐ったのを気にかけ、麻姑の手が折れ、生けた菊が水揚げしないので、こひの病気入院に不吉なものを感じて不安になったりした。

畏友・宮城道雄の奇禍を描いた「東海道刈谷驛」は、昭和三十一年六月二十四日の朝、大撿校《だいけんげう》宮城道雄は死神《しにがみ》の迎へを受けて東京牛込中町の自宅に目をさました——という一行ではじまっている。そうして、その日の練習がうまくいかないと宮城が家人にもらしていたことや、出発前の琴爪の手入れが気に入らなかったことを記して、いやな出来事の前兆であるかのように書いている。

そもそも、処女作の『冥途』にしてからが、不思議な世界である。だから、妖怪のような超自然的な存在が、百閒の内面の大きな部分を占めていたというのは、本質を突いていると言ってよく、彼の作品の多くは、こうした精神風土の産物だったのである。（「偶像破壊」「アジンコート」「三谷の金剛様」）

『夜明けの稲妻』

昭和四十四（一九六九）年三月、三笠書房から刊行。四六判二百六十五ページ、箱入り。内田克己の装釘。十七篇の小説と談話筆記「夜明けの

ら

ライスカレー

早稲田ホテルに隠れて間もないある日、百閒は用事があって田端まで出かけた。懐に十銭しかなかったので、帰りだけ電車に乗るつもりで、小石川駕籠町の電車通りを線路に沿って歩いていった。交差点の近くに「自慢ライスカレー十銭」と看板が出ている。朝晩の食事は下宿の賄いであり、しばらくライスカレーを食っていないのを思い出したら、にわかに食い気が湧いてきた。田端の用事が済んでの帰り道、昼飯がまだなのですっかり腹がへっていたから、帰りも歩くことにして、看板の出ていたカフェーでライスカレーを食おうかと迷った。考えあぐねて停留所を一つ通り越した揚げ句、駕籠町まできてしまったので、さっきの店に入ると若い女が二人いて、百閒の気持ちなんかこれっぱかりも知るわけがないから、ビールをお持ちしましょうかなどとのんきなことを言う。それを無視して、ふうふう言いながらさじを動かしたのでは、少しも食った気などしなかった。

同じ日のことを戦後もかなりたった昭和三十八（一九六三）年になってから「六区を散らかす」の中に書いている。そこには「特製ライスカレー十三銭」とあり、場所も駒込籠町の停留場の前であるけれども、「六区…」の方が記憶違いで、間違いなく同じ話なのである。二人の若い女は、浅草六区にあった私娼窟が警視庁の方針で取り潰されて、そののちに散らかった「破片」であった。その日は田端にある芥川龍之介の家へいったことが、こちらの文で知れるが、芥川は留守で用は足りなかった。懐に金がないというのだから、用事は金策だったのだろうけれど、留守ではどうにもならず、お腹にライスカレーは入っていても、帰り道の足取りは重かったのに違いない。

学生のころ小石川掃除町の汚い洋食屋で食ったライスカレーは十銭だったが、このころには、十八銭から二十銭が普通だった。上野の三橋亭のは三十銭、烏森の有楽軒のは八十銭、前に勤めていた士官学校で取り寄せたのは十一銭であって、一銭値上げするのに高等官会議を開いて大騒ぎをした。この日の十銭は、とび切り安かったのである。

日本郵船株式会社の嘱託となってからは、たびたび豪華船に乗る機会もあり、船のご馳走は旅客運賃に含まれていて百閒の場合は郵船持ちだから、不自由するということはなかった。ビールを飲み、前菜や野菜と冷肉を食べたあとコーヒーをすすって、そのあとでまたライスカレーを注文したり、同行の辰野隆博士をあきれさせるようなお行儀の悪いことをした。いつかどの船かで、カレーの種が牛肉と豚肉と羊肉と鶏肉と魚と野菜ばかりで作ったのと、それが別々になつていて、どれを召し上がりますかとボーイが聞くので、意地汚く二、三種一どきに食ったら、却ってまずかった。(「芥子飯」「六区を散らかす」「提琴競争曲」「船の御馳走」)

落語

向ヶ丘弥生町一番地の、木造青ペンキ塗り二階建ての素人下宿にいたとき、二階の小部屋に、天文学専攻の帝大生がいて、格好を構わない性格らしく風来坊のような、汚らしいところのある人だったけれど、その人が江戸趣味で落語が好きで、ぽっと出の百閒を寄席へ誘ってくれた。

蛎殻町のどぶ川を渡った向こうにある寄席に、圓喬がかかっており、そのころは有名だったから、百閒も名前ぐらいは知っていたが、人情噺だったらしい話の内容はまるで憶えていない。細おもてで、陰鬱な感じの額をした、しなびた瓜のような顔だけが印象に残った。

岡山には寄席がなかったので、落語の味というものは東京へ出るまで知らなかった。もっとも、中学のころ遊びにいった大阪で聞いたことがあるけれど、あちらの落語は騒々しいばかりで、少しもおもしろくはなかった。

師の漱石は小さんをひいきにしていたから、「三四郎」で作中の與次郎に小さん論をやらせていたし、その口からは「うどん屋」という話の名人芸を聞かされた。漱石の影響もあって百閒も小さんに傾倒し、郷里の同窓である太宰施門と一緒に、しばしば寄席へ足を運んだ。帰り道で互いに感激を話し合い、小さんが死んだら葬式には出ようという約束までした。その小さんが死んだのは、百閒が法政大学の教授になってしばらくしてからである。京都大学の教授になっている太宰には電報で知らせたけれど、太宰は葬式のために上京してはこなかった。百閒は神田・立花亭で行われた葬儀に、一人でいってお焼香をしてきた。(「向ヶ丘彌生町一番地」「小さんの葬式」「小さんと式多津」)

らっきょう

岡山にいた若いころ、川原に出ていた見世物の猿にらっきょうをやったら、哲学者のような顔をして剥いていたが、最後の一枚の中になにもないと知ったときに、実に醜い顔をした。紙袋に蟹を入れていったときには、取り乱して暴れたそうである。

百閒の家では毎年らっきょうを漬けていた。むろん漬けるのはこひであるが、そのらっきょうは、南京豆大なのに、それで一人前にまとまっている、少なくとも数年を経過した根からしか取れないという、小らっきょうであった。特有の香味は無類であったらしい。(「逆らっきょう」)

ランプ

百閒が生まれたころの日常生活には、まだ行灯が使われていたらしく、物心ついてからは大体ランプになったけれど、それでも時々は行灯を併用することもあった。ランプばかりになったのは中学生のころで、志保屋の二階に置いた勉強机の上にも、ランプが吊るされていた。

帝大生になって、弥生町一番地の時代、はじめのうちはランプだったから、煤で汚れた傘などの掃除は、下宿の女主人と中学生の坊やの仕事であった。この下宿の途中から電灯になった。

昭和になってしばらく経ったころの一時期、百閒はランプを点して机の上を照らしていた。新聞社のカメラマン（その当時は写真班と言った）が、百閒の書斎を撮影するとき、仕事をするのにちょうどいい高さに吊るしておいたコードを引っ張って、邪魔だからと電灯をはずしてしまった。帰ったあと元のようにしようと思っても、この家にきた七年前に苦労して調節して以来だから、すぐに思い通りになるものではない。あれこれとするうちに癇癪を起こして、電気スタンド用に分かれているコードを、ソケットの根元から木ばさみで切り落としてしまった。

夜になって困った百閒は、しまってあった石油ランプを思い出し、油を入れて机上に置いた。それから一年余りはこれで仕事をした。（「向ヶ丘彌生町一番地」「上京」「石油洋燈」）

り

利吉

百閒の生家志保屋は、はじめ塩を商っていたから志保屋と言ったのが、やがて酒を造るようになったらしいけれど、この辺りのことになると江戸期のことだから、詳しいことは判らない。初代の利吉は平井村（現・岡山市郊外）の出身で、塩の商いからはじめて、古京町に出てから酢を作るようになり、やがて、味醂、焼酎、酒を扱う造り酒屋になった。志保屋で造っていた酒の銘柄は、「銘酒・旭松」と「日の出鶴」である。

岡山市国富三丁目の真言宗禅光寺安住院にある内田家墓所の、一番奥にある墓碑に蓮池院清薫信士とあるのが利吉で、安政六（一八五九）年三月七日に没しているが、享年は不明である。蓮生院妙照信女が利吉の妻であるが、こちらは俗名、享年ともに判らず、百閒も知らなかったようである。内田家は代々女房の方が長生きで、竹も峰もみなそうであるが、利吉の妻も、子の榮造が十月に亡くなる明治二十一（一八八八）年の八月三十日まで存命であった。（平山三郎『詩琴酒の人』、『東京焼盡』）

陸軍

陸軍教授に任官して士官学校付となり、ドイツ語担当で月給四十円をもらうようになったのは大正五（一九一六）年一月、二十七歳のときである。百閒はもともと陸軍が嫌いだったし、自分が軟弱なことも承知していた。それに、徴兵検査だって不合格であった。

とは言いながらも、二年後には芥川龍之介の紹介があって、海軍機関学校の兼務教官を嘱託され、関東大震災で横須賀が全滅し、江田島に転地するまでは続いた。

同じ年、士官学校から陸軍砲工学校付を命ぜられ、昭和二（一九二七）年に高利貸への借金など一身上の不始末で依願免本官となるまで、十一年間は陸軍の飯を食った。この間、汽車では官用のパスで割引を受け、出張名目の遊覧旅行にいくなどして、いい思いをしなかったわけではないようである。退職に際し、従五位の官位を受けたけれど、金輪際、役に立つものではなかった。↓従五位（「海老茶式部」「花のない宴」）

陸軍士官学校

大日本帝国陸軍で現役の兵科将校を養成するための教育機関。明治元（一八六八）年に設置された兵学校を起源とする。明治七（一八七四）年、陸軍士官学校条例により、市ヶ谷台に陸軍士官学校を開設、教育制度はフランス式によった。一般の学校で言えば官立高等学校に当たる。百閒がドイツ語教官を拝命したのは大正五（一九一六）年一月のことで、三月には高等官八等で年俸五百円、十二月には六百円になった。のちに陸軍砲工学校へ転勤になり、昭和二（一九二七）年、依願免本官として辞職するまでの十一年間、陸軍教授であった。

陸軍砲工学校

陸軍砲工学校は帝国陸軍の教育機関の一つで、明治二十二（一八八九）年に設置され、砲兵科、工兵科将校の専門教育を目的とした。生徒は砲兵科及び工兵科の中尉・少尉であった。

『立腹帖』

昭和二十一（一九四六）年八月、交通日本社から刊行、四六判二百九十九ページ、十八円。三十八篇を収録。

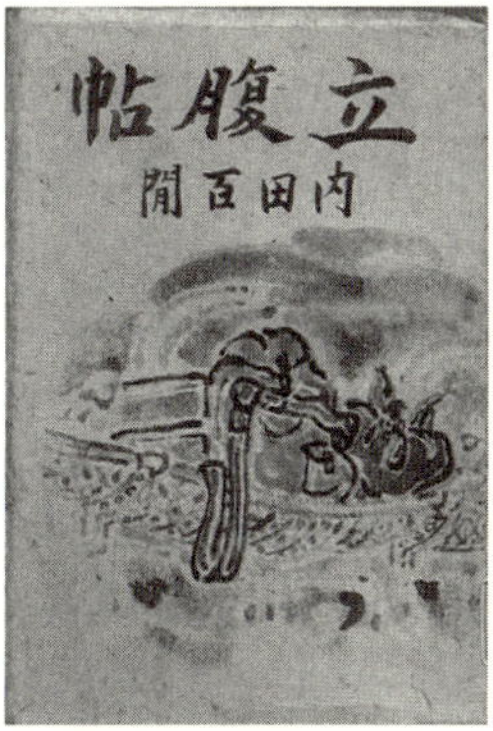

『立腹帖』

『旅順入城式』

昭和九（一九三四）年二月、岩波書店から刊行された第二創作集。中・短編二十九篇を収めている。

『旅順入城式』

る

鏤骨

文を書くに当たっては推敲に意を注いで、骨を削る思いであると、あちこちに書いているけれど、これを鏤骨という。彫心鏤骨と書いて、「ちょうしんるこつ」と読むが「詩文などを非常に骨を折り心を砕いてみがきあげること」と、広辞苑には記されている。

宝石を磨くためには削るものが必要なように、文章の推敲にもなにかの研磨材がいるのは同じであろう。百閒の場合には、それが師の夏目漱石だったようで、常に漱石先生が私の中のどこかに在って指導し叱咤する——と書いている。

ではどのように書くのか、紀行みたいなものを書くとしても、いってきた記憶があるうちに書いてはいけない。いったん忘れたそのあとで今度自分で思い出す。それを綴り合わせたものが本当の経験であって、憶えたままを書いたのは真実ではない、というのである。ペンと紙の間に自然に出てきたものでなければ、自分の文章で表現できない——とも言っている。

どうもこうなると、だんだん難しくなってきて哲学的でさえあり、とても常人には文が書けないということになってしまいそうであるが、むろん、百閒は常人ではなく、常人でない故にこそ、ああいう文章が書けたのであろう。↓推敲（「たましひ抜けて」「當世漫語」）

れ

礼儀

平山三郎が、はじめて依頼して書いてもらった原稿を、百閒の目の前で読み出したところ、目の前で読むものではないと、たしなめられた。河盛好蔵にも同じ経験があるという。百閒はそれが礼儀だと言うのである。

徳川夢声が初対面のとき、番町の百閒宅前までいったが、夜も遅いのであがらずに帰った。荻窪の自分の家に帰ってしばらくすると、外に誰か立っているので戸を開けると百閒で、あなたは人の家にきていながら、さっさと帰られた。あれは礼儀としてよろしくない、と叱られた。夢声が週刊朝日でやっていた対談「問答有用」が終って、編集長が百閒に謝金を渡したら、こういう金は翌日家に届けるのが礼儀です、と烈火のごとく怒った。もっとも、そのときは、きょうはもらっておきますと言って帰ったという。（戸板康二『ちょっといい話』文藝春秋、「鳩よ！　特集内田百閒」一九九三年五月）

錬金術

卑金属から金銀を作り出すと称して、古代エジプトの冶金にはじまる技術を錬金術と言い、広義には中世までの化学的技術全般を指していた。呪術的で、魔術的で、どこか胡散くさいものが漂ってはいるが、その一方では近代化学の誕生を準備するものでもあったようである。

しかし、百閒における錬金術は、これとはまったく違って、お金の工面、やりくりなどを意味する言葉として、ひいては金銭哲学を総じて、こう呼んでいるようである。広い意味で言えば、高利貸から借りるのも錬金のうちであるが、本来の方法とはちょっと違うように思われる。具体的にどういうことをするのかと言えば、なにも難しいことはなく、原稿料の前借をしたり、印税の先払いをしてもらったりするのである。まだ書いてない原稿料や出てもいない本の印税を先払いしてもらって、不如意な急場をしのぐというのが錬金術の中心であったが、それは、僕は持っていないが、世間にはお金はいくらでもある。その中に僕が見当をつけることの出来る筋がある。その見当を貫いて、僕が取得するであろう所の観念上の数字を持っている——という哲学によっているのである。

むろん、書いたものが世間に読まれていない若いころには、前払いを受ける原稿料も印税もなかったわけで、だから、高利貸と親交を結んだのである。錬金の確かなはじまりは判然としないけれど、『百鬼園随筆』が売れて世に知られるようになってからのちのことには違いない。

こひと一緒に暮らしはじめて八年、住みなれた合羽坂の家も、家賃滞納で出ていかなければならなくなった。麹町区土手三番町（のち五番町）に家を見つけて引っ越すことになったけれど、このときは、雑誌「改造」の一月号に創作を書く約束をして、原稿料五百円を前借した。こひに引っ越しの一切をまかせ、自身は東京ステーションホテルにこもって、九十六枚を書き上げたのが名作「東京日記」であるが、すっかり引っ越しのすんだ新居に百閒が入ったときには、五百円では足りなくなっていた。

この家を東京空襲で焼け出され、伯爵家の火の番小屋を借りて二年余を過ごし、いわゆる三畳御殿を新築したのにも、百閒はこの手を使って錬金をしている。はじめ、新潮社の佐藤俊夫専務に相談したところ、百閒の全集を企画するから、印税の前借をして家を建ててはどうかと言われて喜んだのも束の間、刊行の時期がはっきりしないために沙汰止みとなった。そのあと、全集を引き受けてくれた桜菊書院の手で計画は進み、結局のところ全集は出なかったけれど、小説集『殘月』などの印税によって錬金が可能になり、伯爵家の使用人の所有地十坪を入手して、焼け出される前の借家近くに三畳御殿が落成した。（「錬金術」「無伴奏」「工面」『阿房列車』『實説艸平記』『百鬼園戰後日記』、平山三郎『百鬼園先生雑記帳』『詩琴酒の人』）

ろ

ローマ飛行

ほかの大学に先駆けて法政大学に航空研究会が結成され、百間が会長に就任したのは昭和四（一九二九）年の春であった。合羽坂に佐藤こひと同居をはじめて間もないころである。

はじめ学友会の中では、ボート部を作ろうという意見が強かったようであるが、すでに飛行機のおもしろさに魅せられていた中野勝義が、他校のあとを追っかけるよりも、どこにも先駆けて飛行機をやろうと主張し、発言力のあった中野の意見が通っての発足であった。

飛行機がしきりに落ちて、危ないものだというのが常識だったころで、予科長や学生監をはじめ教授たちの誰もが会長を引き受けなかった。そのため、百閒にお鉢が回ってきたのであるが、新しいもの好きだったので二つ返事で承諾してしまったけれど、百閒は一度も飛行機に乗ったことがなく、むしろ怖いものと思っていたのである。

その矢先、陸軍の飛行第五連隊の重爆撃機が、浜松へいくために立川飛行場を飛び立った直後、隣りの桑畑に落ちて何人もの死者を出したので、心臓を締めつけられるような思いもした。

法政大学学長の枢密顧問官松室致の英断によって学校の許可が下り、百閒は学生を引きつれて文部省や陸軍省など官庁に日参した。そうして、練習機をもらい受け、立川飛行場で練習をすることになった。事故防止には規律が第一とばかり、会長の権限は絶対であるという会則を設け、厳しく学生を監督したが、練習のある日曜日には、こひが夜明け前から起きて、学生のために赤ん坊の頭ほどもあるおにぎりを作った。学生たちは、鰹節の入ったのを猫めし、油揚げの方を狐めしと呼んで頬ばった。

その航空研究会の飛行機がローマ飛行をするまでになったのは、発足の翌々年のことである。昭和六(一九三一)年五月二十九日、経済学部の学生栗村盛孝に教官一人をつけた軽飛行機「青年日本号」は、できたばかりの羽田飛行場を発って、イルクーツク、モスクワ、ローマと一万三千六百七十一キロを、バイカル湖の近くなど三ヵ所で不時着しながらも、九十五日をかけて飛んだ。（「空中分解」「学生航空の発向」「学生航空の揺籃」「青空倶楽部」「羅馬飛行」）

わ

昭和十七（一九四二）年三月、秩父書房から刊行、四六判箱入り、二百七十三ページ、一円八十銭。装釘磯辺草丘。二十八篇を収録。

妻の清子とのいさかいの果て、子どもたちの顔をひとわたりながめたあと、百閒が雑司ヶ谷の家を出たのは、大正十四（一九二五）年の初夏のことであった。

『我が弟子』

早稲田ホテル

市電終点の早稲田の先に砂利場があって、その奥にかねて身を隠す場所として目をつけておいた早稲田ホテルがある。自動車会社の車掌や運転手の寄宿舎だったのを、そこの古手の運転手だった男が買い受けて手を入れ、下宿屋をはじめたもので、「一人一室賄付一ヶ月二十円」という札が出ていた。前を流れる川はすぐ下流で面影橋をくぐり、目白台の下を回ってお茶の水へ流れてゆく神田上水の一部で、下宿の周辺が低いために雨が降るとすぐに水がつくから、畳の上に水が上がらない用心で床が異様に高くなっている。

二十室ぐらいあるうち、定着した客がいるのは五つか六つで、ほかの部屋は人目を忍んだ男女だったり、胡散臭い商人のようなのが時々やってきた。百閒は一階の十九号室に陣取って、しばらくはここに身を潜めている覚悟を決めた。

その年も暮れるころには、すでに下宿代がいくつもたまって、おかみさんがやかましいことを言った。あまり儲かっているようにも見えないから、なんとかしたいとは考えたけれど、どうにもやりくりがつかない。隠れているのだから、なじみのある高利貸の所へもいけないのである。ここを出ていくということになれば、それはそれで、もっとお金がかかるだろう。しかたなく障子を閉めて部屋にじっとしていると、やがて除夜の鐘が鳴って年が明けた。

お元日には、こんな下宿人にも、おせちを盛ったお膳にお雑煮が乗って、お酒が一本ついてくる。一杯やっていると宿の主が入ってきて、にこにことあいさつをしてくれた。ところが、三が日を過ぎて何日たっても、お膳の上は残りもののおせちばかりで、手をつけずに下げれば、つぎのときにまた回ってくるから、すっかり閉口した。

お昼になるといつもお腹がすいている。下宿は賄い付きだから昼飯をくれないわけではないけれど、不始末が重なっているから、遠慮が先に立って持ってこいと言い出せるものではなかった。しかたなく外食ということになるが、お金の方は心細いばかりである。市電の終点近くに三好野というお汁粉とお雑煮の店があって、ここならそんなに高いことはないから、勢いそこへ足が向くようになった。お雑煮を注文して、それで少しお腹が落ち着いたところへお汁粉を食べ、ついてくる紫蘇の実か山椒の実で口をさっぱりさせて、それでおつもりにした。ある日、三好野のすぐ近くに焼き栗の露店が出ていて、うまそうな匂いをさせているから、つられて十銭出して一袋買った。それでお昼をごまかすつもりであったのに、宿に帰って袋を開けてみたら生栗で、これではすぐに食べるわけにいかないから、お昼は抜きという悲惨なことになってしまった。（「蜻蛉眠る」「面影橋」「他生の縁」「下宿屋の正月」「みよし野の」『百鬼園夜話』「砂利場大将」「楽天居主人」）

『私の先生』

昭和二十一（一九四六）年五月、養徳社から刊行、四六判百十五ページ、五円。二十三篇を収録。

『私の「漱石」と「龍之介」』

昭和四十（一九六五）年五月、筑摩書房から刊行、四六判二百五十五ページ、三百八十円。装釘は原弘。四十四篇を収録。

参考文献

『新輯内田百閒全集』福武書店　昭和六十一年十一月十五日～平成元年十月十六日
『内田百閒文集』旺文社文庫版　昭和五十四年十月五日～昭和六十一年十一月十五日
森田左翫『増補改訂　内田百閒帖』湘南堂書店　平成十七年四月七日
伊藤整『作家論Ⅰ』角川文庫　昭和三十九年十月三十日
三島由紀夫『作家論』中央公論社　昭和四十五年十月三十一日
平山三郎『詩琴酒の人　百鬼園物語』小澤書店　昭和五十四年三月三十日
平山三郎『百鬼園先生雑記帳』三笠書房　昭和四十四年六月三十日
高橋義孝『言説の指』同信社　一九七一年十一月二十五日

あとがき

赤や黄の色とりどりに散り敷いた、桜や欅や銀杏の枯れ葉を踏んで、国立の大学通りの冬を楽しむのも、これが三度目になった。人の多いのに首をちぢめていた田舎者である私も、垢抜けた顔をしていると、自分では思いはじめたのかも知れない。こちらへ移ってくるよりも、ずっと前から、本書を書くための作業ははじめられていて、内田百閒に出会ったもとのところへもどれば、ふた昔も遡ることになると思う。

すでに上の息子は信州大学附属病院のベッドに寝ていたときで、話が暗くなるといけないから詳しくは書かないけれど、末期がんで余命いくばくもないような状態ながら、読書には貪欲であった。だから、彼の欲する本を探すのに、私たち家族は追い回された。三ヵ月ののち、大阪は阪急宝塚線石橋駅近くの彼の下宿へ、遺品をかたづけにゆき、学生だからあまりたくさんはない蔵書の中に、内田百閒が鎮座ましましているのを見たのである。大学で文芸学を専攻していた彼の、学問とはまた別のところで、百閒に傾倒していたことを、そのときに知った。以来、百閒の深みか藪かは知らないけれど、方向の定まらない旅はまだ終わらない。

その息子のことを書いた『Let it be』という本は、二〇〇五年の秋に皓星社から出していただいて、それ以来の藤巻修一さんとのご縁があり、今回もひとかたならぬお世話になった。

いま、こうしている窓の外にも、静かに時が過ぎてゆくばかりであるが、書いたものを残すことによって、いろんな人生を人の心の中に刻みたい。

二〇一一年の冬のはじめに

備仲臣道

備仲臣道（びんなか　しげみち）

1941年、朝鮮忠清南道大田に在朝日本人2世として生まれる。

1945年、日本の敗戦により帰国、尾道を経て山梨へ。

1959年、山梨県立甲府第一高等学校を卒業。山梨時事新聞に入社して記者となる。同労働組合書記長。

1969年、同紙の廃刊に伴い失職、2年の空白ののち、いろんな雑業に従事。

1982年、月刊新山梨を創刊、編集発行人となる。

1993年、同誌を134号まで発行して、資金難のため休刊。

2009年8月、国立市へ転居。

著書　『蘇る朝鮮文化』（1993年、明石書店）、『輝いて生きた人々』（1996年、山梨ふるさと文庫）、『高句麗残照』（2002年、批評社）、『Let it be』（2006年、皓星社）、『美は乱調にあり、生は無頼にあり　幻の画家竹中英太郎の生涯』（2007年、批評社）『司馬遼太郎と朝鮮』（2008年、批評社）『坂本龍馬と朝鮮』（2010年、かもがわ出版）、共著に『攘夷と皇国』（2009年、批評社、礫川全次氏と）『甲府中学・甲府一高100年誌』（同窓会）がある。この間、2002年には、「メロンとお好み焼き」（随筆）で、第6回岡山・吉備の国内田百閒文学賞優秀賞を受賞。

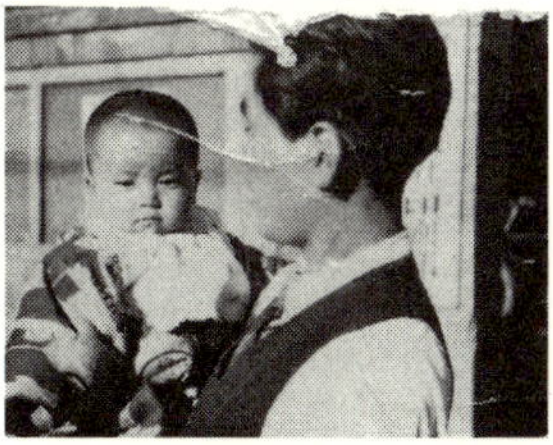
著者二歳の折の近影

読む事典　内田百閒 我楽多箱

発行　2012年2月29日
定価　1,600円＋税

著　者　備仲臣道
発行所　株式会社 **皓星社**
〒166-0004　東京都杉並区阿佐谷南1-14-5
電話：03-5306-2088　FAX：03-5306-4125
URL http://www.libro-koseisha.co.jp/
E-mail：　info@libro-koseisha.co.jp
郵便振替　00130-6-24639

装幀　山崎　登
印刷・製本　㈲吉田製本工房

ISBN978-4-7744-0461-5 C0095